문지스펙트럼

외국 문학선

2-028

나비
왕멍 단편선

왕멍 지음
이욱연 · 유경철 옮김

문학과지성사

외국 문학선 기획위원

김주연 / 권오룡 / 성민엽

문지스펙트럼 2-028

나비

지은이 / 왕멍
옮긴이 / 이욱연 · 유경철
펴낸이 / 채호기
펴낸곳 / **(주)문학과지성사**

등록 / 1993년 12월 16일 등록 제10-918호
주소 / 서울 마포구 서교동 395-2(121-840)
전화 / 편집부 338)7224~5 영업부 338)7222~3
팩스 / 편집부 323)4180 영업부 338)7221
홈페이지 / www.moonji.com

초판 1쇄 / 2005년 2월 21일

ISBN 89-320-1580-5
ISBN 89-320-0851-5 (세트)

나비

차례

일러두기

1. 『나비』는 『王家文集』(華藝出版社, 1993, 전10권) 중 3권과 4권을 저본으로 삼아 우리말로 옮겼다.

2. 이 책에 사용된 중국어 및 외래어는 옮긴이의 뜻에 따라 현지음에 가깝게 표기했다. 단, 이미 굳어진 인명 등 몇 가지 외래어에 한해서는 '국립국어연구원 외래어 표기법'과 관용에 따랐다.

3. 문맥상 옮긴이의 추가 설명이 필요한 경우 본문에 ( )를 사용해 덧붙였다.

견고한 죽

견고한 죽 堅硬的稀粥

　　우리집은 4대가 함께 모여 산다. 우리집을 구성하는 정식
가족은 할아버지, 할머니, 아버지, 어머니, 숙부, 숙모, 그리고
나, 아내, 사촌 여동생, 사촌 매부, 그리고 내 귀여운 껑다리
아들까지 합하여 모두 열한 명이다. 나이는 각기 88세, 84세,
63세, 64세, 61세, 57세, 40세, 16세 등등이다. 이상적인 계
단식 배열인 셈이다. 그런데 우리집에는 우리 가족이 아니
면서 우리 가족 어느 누구보다도 중요하고 결코 빼놓을 수
없는 사람, 쉬(徐) 누이가 있다. 올해 59세인 그녀가 우리집
일을 돌본 지도 어언 40년이나 되었다. 그녀는 이제 우리와
는 뗄래야 뗄 수 없는 사이이다. 그녀는 우리 모두의 '누이'
이고, 쉬 누이 앞에서는 할아버지에서 아들까지 모두 평등하
다. 다들 그녀를 누이라 부른다.

우리의 생활은 아주 평온하고, 화목했다. 우리는 더운 여름에 한 냥(兩)에 8위안(元, 중국 화폐단위—옮긴이) 하는 롱징차를 마실 것인지 한 냥에 4마오(毛, 중국 화폐단위—옮긴이) 하는 칭차를 마실 것인지, 세숫비누는 바이란표를 쓸 것인지, 자루어란표를 쓸 것인지 아니면 진둔표를 쓸 것인지 같은 사소한 문제까지 죄다 할아버지 의견에 따랐다. 여지껏 의견 차이나 논쟁 같은 것이 있을 리가 없었고, 싸움이나 암투 같은 것은 더더욱 그렇다. 심지어 머리 모양도 다들 똑같다. 오직 남녀 차이만 있을 뿐이다.

수십 년 동안, 우리는 매일 아침 6시 10분에 일어나 6시 35분이면 어김없이 쉬 누이가 마련한 아침을 먹는다. 구운 만두, 쌀죽, 짠지가 주 메뉴다. 7시 10분이면 각자 직장으로, 학교로 출발한다. 할아버지는 이미 직장에서 퇴직하였지만, 이 시간이 되면 거리 위원회에서 근무를 서기 위해 나가신다. 낮 12시가 되면 다들 다시 집으로 돌아와 쉬 누이가 마련한 자장면을 먹고 잠시 쉬었다가 1시 30분에 다시 직장으로 학교로 되돌아간다. 할아버지는 3시 반까지 낮잠을 주무시고는, 일어나 양치를 하고 안락의자에 앉아 차를 마시며 신문을 본다. 5시경이면 할아버지, 할머니, 쉬 누이 셋이서 그날 저녁 식사 메뉴를 연구한다. 매일 하는 연구이지만 할아버지, 할머니, 쉬 누이는 한결같이 이 일에 흥미진진해한다. 하지만, 연구 결과는 언제나 비슷하다. 주식은 밥, 요리는 고기

요리 하나와 고기와 야채를 섞은 요리 하나, 야채 요리 둘, 탕은 있을 때도 있고 없을 때도 있다. 연구 결과가 나오면 쉬누이는 부엌에 들어가 콩닥콩닥하다가 3, 4분이 지나면 어김없이 다시 나와 할아버지, 할머니에게 묻는다.

"늘 이렇다니까요, 두 분께 여쭤본다는 걸 잊었지 뭐예요, 고기야채볶음에 넣을 고기는 채로 썰까요 아니면 덩어리지게 썰까요."

이것이야말로 참으로 중대한 문제다. 할아버지와 할머니는 눈치를 보다가 "오늘은 덩어리로 하지" 그러거나 "오늘은 채로 하는 게 좋겠군" 하고 결론을 발표한다. 그러면 그들의 의도는 만족스럽게 관철된다.

다들 대만족이다. 누구보다도 할아버지가 만족해하신다. 할아버지는 갖은 고생을 다 하셨다. 할아버지는 늘 이렇게 말씀하시곤 한다.

"끼니마다 배부르게 먹고, 좋은 옷 입고, 집에 있을 것 다 있고, 게다가 온 집안 식구가 이렇게 함께 모여 살며 건강하고. 이건 옛날 부자들도 상상 못하던 생활이야. 너희들 너무 나대지 말어, 너희들이 배고픔이 뭔지 알기나 해?"

그러면 아버지, 어머니, 숙부, 숙모는 배고픔의 고통을 잊지 않고 있다고 주장하곤 한다. 배가 고파오기 시작하면 배는 꼬르륵꼬르륵 머리는 천근만근 다리는 휘청휘청, 그들 말에 따르면 배고픔이 극도에 달하면 너무 많이 먹은 것처럼 토하고 싶어진다고 한다. 우리집 온 가족은 할아버지, 할머니부터 시작하여 안분지족의 철학을 실천하는 사람들이며, 현 체제에 대한 충실한 지지자들이다.

요 몇 년 새 세상 정세가 급변하여 새 기풍 새 조류가 밀려들었다. 몇 년 안 되는 사이에 집 안에는 컬러 텔레비전, 냉장고, 세탁기가 생겼다. 그뿐인가. 아들 입에서는 영어 단어가 수시로 튀어나오고, 할머니는 개명·개방되어, 매일 오후 휴식 후에는 신문, 저녁 식사 후에는 텔레비전을 통해 새로운 용어와 새로운 관념을 받아들인다. 할아버지는 늘 우리들에게서 의견을 청취한다.

"우리집 생활에 무슨 개혁이나 개선이 필요한 게 없느냐?"

다들 별다른 의견이 없었다. 쉬 누이는 이런 생활이 세세손손 날마다 해마다 영원히 계속되면 좋겠다고 했다. 눈에 티라도 들어간 것처럼 한참 동안 눈을 찌푸리고 있던 아들이 한 가지 안을 냈다. 카세트를 사자는 것이었다. 할아버지는 그 건의안을 선선히 비준했다. 집에는 홍덩표 스테레오 카세트가 생겼다. 막 들여놨을 때 우리가 얼마나 기뻐했는지 모른다. 말을 하고 노래를 부르고, 고양이 소리를 내보고 신문을 읽는 소리를 녹음하고, 박수를 치며 환호성을 지르기도 했다. 다들 카세트라는 게 이렇게 좋은데, 할아버지 윗세대들은 카세트가 무엇인지도 몰랐으니 얼마나 안타까운 노릇

14

이냐고 했다. 그러나 이틀이 지나자 열기가 식기 시작했다. 테이프를 사와 틀었더니 라디오나 텔레비전보다 효과가 떨어졌기 때문이다. 그리하여 우리의 환호를 받던 녹음기는 한쪽 구석에서 먼지를 뒤집어쓰게 되었다. 다들 신(新)기술이니 신기구니 하는 것들이란 결국 그 쓸모에 한계가 있기 마련이고, 가정의 화목과 질서만 못하다고 여겼다. 역시 옛것이 훨씬 낫다는 생각이었다.

그해 한 가지 큰 소동이 일어났다. 낮잠 자는 것을 폐지하고, 낮에 40분에서 1시간가량만 쉰다고 결정이 난 것이다. 각 직장에서 무료로 점심을 공급한다고 해 기쁨과 우려가 교차했다. 공짜로 밥을 먹으니 기뻤지만, 점심을 먹고 낮잠을 자는 오랜 습관을 고칠 수 있을지가 걱정이었다. 아니나 다를까, 이틀이 지나자 열이 오르고 오줌을 눌 수가 없었다. 며칠 되지 않아 무료 점심 공급은 취소되었다. 그런데 이를 어쩌나. 할아버지는 우리더러 솔선수범하여 정부의 방침을 따르라고 당부하셨다. 그리하여 우리는 도시락을 사다가 점심에 먹느라 법석을 떨었다. 쉬 누이는 그 결에 잠도 잘 못 자고 치통을 앓은 데다 심장 박동조차 이상해졌다. 며칠 후 각 기관들은 자발적으로 점심 휴식 시간을 연장하였다. 일부 기관에서는 점심 휴식 시간을 다시 연장한다고 밝히지 않은 채 오후 근무 시작을 늦춰 휴식 시간을 보장해주기도 했다. 그렇다고 오후 퇴근 시간을 미룬 것은 아니었다. 우리집에서도 다시 점심에 자장면을 먹기 시작했다. 쉬 누이의 눈도 더 이상 붓지 않았고, 치통도 멎었고, 잠도 제대로 자게 되었으며, 심장 박동도 1분에 7, 80회로 정상을 되찾았다.

바야흐로 새로운 바람이 세를 얻고 새로운 물결이 갈수록 거세져 세상 만물이 꿈틀거리고, 온 세상이 상전벽해 같은 변화에 직면해 있었다. 온 세상이 낡은 것에 진절머리를 내고, 천지 사방에서 유신(維新)을 꿈꾸는 때, 과거 우리더러 모범 모델이라고 하던 친구들조차 우리더러 변화하고 개혁하라고 다그쳤다. 광저우나 홍콩, 미국에서 새로운 모델이 나타나기라도 한 듯했다. 그리하여 할아버지는 회의를 소집, 집안 구성원들이 번갈아 집안일을 책임지도록 하자는 안을 내놓았고 그것은 통과되었다.(쉬 누이도 발언권이 있는 대표였다.) 이 제안에 쉬 누이를 빼고는 모두 찬성한 것이다.

먼저 아버지가 집안일을 책임지게 되었고, 아버지의 책임 아래 식사 '유신'을 단행하기로 결정했다. 아버지는 일평생 자기 앞에 차려진 밥만 먹고 차려진 일, 즉 그에게 할당된 일만 해온 분이다. 그런데 이제 집안 식사를 책임지는 대사를 맡게 되었으니 여간 곤혹스러운 게 아니었다. 어떤 차(茶)를 살 것인지, 탕을 끓일 것인지 말 것인지, 고기는 채를 썰 것인지 아니면 덩어리지게 썰 것인지 등 이런 큰일을 모두 할아버지에게 물었다. 그는 무슨 말을 하든 무슨 일을 하든 할아버지를 등에 업고 하는 것에 길들어 있었다.

"아버님이 모기향은 이것을 사라시는군" "오늘 저녁엔 국을 끓이지 말래" "설거지할 때 세제를 쓰지 말라고 하셨어, 화학 제품은 독이 있으니, 따뜻한 물에 소다를 풀어 씻는 게 깨끗하고 절약도 된다고."

이렇게 되고 보니 귀찮은 일들이 늘어났다. 쉬 누이가 어떤 일에 직면하면 아버지에게 묻고 아버지는 다시 할아버지에게 물어 할아버지 말씀을 그대로 쉬 누이에게 전했던 것이다. 쉬 누이가 바로 할아버지에게 묻느니만 못한 노릇이었다. 그렇다고 바로 할아버지에게 묻자니 아버지한테 미움을 살 일이요 할아버지가 귀찮아할 일이었다. 실제로 할아버지는 짜증을 내기도 했다.

"이런 일은 네가 알아서 처리하거라, 다시는 내게 묻지 말고."

할아버지가 몇 차례 아버지에게 이렇게 말했다. 그러면 아버지는 쉬 누이에게 이렇게 말했다.

"아버님이 이런 일은 나더러 알아서 처리하래, 다시는 묻지 말라셔."

숙부와 숙모가 뒤에서 쑤군쑤군댔다. 뭐라 하는 것인지 잘은 몰라도 십중팔구는 무슨 일이든 할아버지께 물어보는 아버지의 무능에 불만이 있는 것 같았고, 쉬 누이의 잔소리에도 마찬가지인 것 같았다. 기미를 눈치 챈 할아버지가 아버지를 단단히 몰아세웠다. 아버지는 하는 수 없이 다시는 할아버지 이름을 빌려 일을 처리하지 않겠노라고 다짐했다. 아버지는 또한 권력을 이양하여 국을 끓일 것인지의 여부, 고기를 어떻게 썰 것인지 등의 결정권을 쉬 누이에게 맡겼다.

쉬 누이는 동의하지 않았다. 그녀는 눈물, 콧물까지 흘리며 당황스러워했고, 한 끼를 거르는 단식 투쟁을 하면서까지 거부의 뜻을 나타냈다. "내가 어떻게 그런 일을 알아서 결정한단 말예요."

우리는 그녀에게 용기를 불어넣어주었다.

"우리집에서 수십 년이나 일했는데 그런 권리쯤은 있어야죠. 우리 모두 적극 지지할 테니 사고 싶은 것은 사고, 요리하고 싶은 것은 마음껏 하세요. 우린 쉬 누이가 해주는 대로 먹을 테니까. 우린 쉬 누이를 믿어요!"

쉬 누이는 마침내 눈물을 거두며 웃었고, 우리들의 신임에 감사를 표했다. 모든 일이 예전처럼 정상적으로 진행되는 듯했다. 그러나 실은 다들 점점 트집을 잡기 시작했다. 식탁이 쉬 누이의 책임 아래 차려지고 있다는 것을 다들 알고 있기에 처음에는 무의식적으로 존중하지 않는 것에서 시작하여 나중에는 점차 노골적인 불만으로 이어졌다. 우선 내 아들이 그러했고, 이어 사촌 여동생과 그 남편으로, 그다음은 나와 내 아내로 이어졌고, 비판이 터져나오기 시작하였다.

"쉬 누이는 정말 어쩔 수 없어, 문화적 소양이 너무 없다니까, 사람은 좋은데 수준이 너무 낮아서 원. 지금이 어느 시대인데 쉬 누이 수준의 생활을 하라는 건지!"

쉬 누이는 전혀 낌새를 눈치 채지 못한 것 같았다. 오히려 한술 더 떠 자기 나름의 개혁을 단행했다. 아침상에 오르던 김치 두 접시를 한 접시로 줄이고 짠지에 참기름을 치지 않았고, 점심에는 자장면에서 고기를 빼버렸고, 이틀에 한 번씩 끓이던 탕도 일주일에 한 번으로, 그것도 계란탕에서 간장과 파 조각만 넣은 것으로 바꾸어버렸다. 그는 식대를 절약해 인삼봉황정을 사서 할아버지에게 드렸다. 우리의 허리를 졸라매 할아버지께 충성한 셈이었기에 우리가 격분한 것은 당연했다. 특히 우리들을 분노하게 만든 것은, 아들의 보고에 따르면, 쉬 누이는 국을 끓여서 자기가 먼저 한 그릇을 떠먹는다는 것이었다. 그것도 파 조각이 가장 많고, 신선하고 맛있는 데만 골라서. 그런가 하면 한 번은 그가 요리를 하면서 해바라기씨를 까먹더라는 거였다. 아들에 따르면 분명 식비를 유용해서 해바라기씨를 사먹는다는 것이었다.

"권력은 곧 부패다. 작은 권력은 작은 부패이며, 100퍼센트의 권력은 100퍼센트의 부패다." 아들은 자기가 터득한 신(新)사상을 거창하게 발표했다.

아버지를 비롯한 모두가 무어라 얘기가 없었다. 아들은 이런 암묵적 지지에 힘입어 쉬 누이가 국을 끓여 한 대접 떠먹으려는 찰나에 들이닥쳐 공격을 퍼부었다.

"아이고, 됐어요, 이런 형편없는 것을 밥이라고 해주면서 자기가 먼저 파 조각을 골라먹어요? 내일부터는 제가 관리하겠어요. 온 식구들이 현대화된 생활을 하게 할 거예요."

쉬 누이가 울며불며 난리였으나 다들 아무 말도 없었다. 아들이 책임을 맡는 게 좋겠다고 생각한 것이다. 아들은 젊고, 패기 있고, 총명하고 자기 나름의 주관이 있을 거라고 생각했다. 물론 한편으로는 나를 포함하여 다들 쉬 누이를 달래기도 했다.

"우리집에서 40년이나 밥을 해온 업적이 어디 가겠어요. 그건 아무리 지우려 해도 그렇게 안 되는 거잖아요!"

아들은 무척 격앙된 어조로 일장 연설을 했다.

"우리집 식탁은 조금도 신선하지 않을 뿐만 아니라 근본적인 결함을 지니고 있습니다. 탄수화물이 너무 많고 단백질이 부족하다는 점이 그것입니다. 이는 성장 발육에 영향을 미치고 백혈구 항체의 재생력도 떨어뜨립니다. 그 결과 국민의 체질 약화와 능력 저하를 초래했습니다. 다른 선진국의 1인당 하루 단백질 섭취량은 중국인의 일곱 배인데 그중 동물 단백질의 섭취량은 우리의 열네 배입니다. 그런즉 이렇게 가다가는 우리는 키도 다른 나라 사람들보다 작고 힘도 약해지고 정신력도 뒤떨어지게 될 것입니다. 다른 나라 사람들은 하루에 한 번, 그것도 네다섯 시간 정도, 많아봤자 여섯 시간만 자면 아침부터 저녁까지 기력이 왕성한데 우리 중국 사람들은 낮잠까지 자면서도 맥을 못 춥니다. 혹자는 선진국과 비교해서는 안 된다고 할지 모릅니다. 그렇게 생각하신다면 우리 한족(漢族)의 식습관이 북방의 여러 형제 민족들보다도 못하다는 것을 말씀드려야겠습니다. 설마 형제 민족들의 경제 발전 수준이 우리보다 높다고 말씀하지는 않으시겠지요. 우리의 단백질 섭취량은 몽고족, 위구르족, 카자흐족, 조선족, 장족들의 섭취량보다 훨씬 적습니다. 이런 식습관을 개혁하지 않을 수 있겠습니까? 아침만 해도 그렇습니다. 만두 쪼가리에, 죽, 짠지라니. 이게 대관절 1980년대 중국 대도시 중산층 현대인들의 아침 식사란 말입니까? 죽에 짠지는 동아시아에서 환자들이 먹는 음식의 대표입니다! 따라서 이는 스스로 죽음의 길로 다가가는 것이며, 무지의 극치인 것입니다. 이는 중화 민족 자손의 치욕이요, 중화 문명 쇠퇴의 근본 원인입니다. 우리가 진즉 아침에 만두에 짠지를 안 먹고 그 대신 빵에 버터를 발라 먹었다면 1840년 아편전쟁 당시 영국에게 질 수 있었겠습니까? 1900년 8개국 연합군이 쳐들어와 서태후(西太后)가 청더(承德)까지 도망가지도 않았을 것입니다! 또 1931년에 일본 관동군이 감히 9·18 만주 사변을 일으켰겠습니까? 1937년 그놈들이 감히 루꺼우챠오(蘆溝橋) 사건을 벌일 염두를 냈겠습니까? 설사 그놈들이 쳐들어왔다 해도 중국 사람들이 우유, 빵을 먹는 걸 보고는 기절하여 돌아갔을 겁니다. 1949년 중화인민공화국이 성립되고부터라도 우리 간부들이 일찍 결단을 내려 죽과 짠지를 없애고 전국적으로 버터와 빵에다 햄, 소시지, 계란, 요구르트, 치즈, 케첩, 벌꿀, 초콜릿을 먹었던들 국력, 과학기술, 예술, 체육, 주택, 교육, 1인당 자동차 보유 대수 등을 막론하고 죄다 세계에서 선두를 달렸을 것 아닙니까? 아무튼 죽과 짠지는 우리 민족의 불행의 근원이며 발전을 가로막는 봉건 잔재입니다! 죽과 짠지를 철저히 척결합시다! 죽과 짠지를 척결하지 않는 한 중국에 희망은 없습니다!"

　말하는 사람도 듣는 사람도 모두 흥분했다. 나는 놀라움과 기쁨, 그리고 약간의 두려움에 떨었다. 밑이 터진 바지를 입고 엉덩이를 다 내놓고 다니던 아들이 이렇게 많은 학문을 쌓고 새로운 사고를 내놓고, 게다가 이런 중요한 문제의 핵심을 찌르고 있으니 어찌 놀랍고 기쁘지 않으랴. 죽에 짠지를 먹고 살면서도 가슴에는 버터와 햄의 이상을 품고서 온 세상 현대화의 이치를 토해내며 세계를 훤히 꿰뚫고 있으니 문자 그대로 '후생이 가외로다(後生可畏)'였다. 세계는 결국 그대들의 것일지어라! 다만 걱정되는 바는 이 녀석이 온갖 폐단을 청산유수의 달변으로 공격하는 것이 혹 말이 실(實)을 능가하여 결국에는 아무것도 못 해내지 않을까 하는 점이었다.

　과연, 사촌 여동생이 콧방귀를 뀌면서 말했다.

　"말하기는 쉽지. 빵하고 버터가 그렇게 많다면 현대화는 진즉 완성된 셈이게!"

　"뭐라고요?" 아들은 흥분했고, 목청을 높였다. "60년대 후

르시초프는 감자와 쇠고기의 공산주의화를 제창했고, 80년 대에 고르바초프는 빵과 버터의 현대화를 하고 있어요. 바로 그런 겁니다. 현대화는 공업의 자동화, 농업의 집약화, 과학의 선진화, 국방의 종합화, 사유의 자유화, 명사(名詞)의 애매모호화, 예술의 형식화, 논쟁의 무궁무진화, 학자의 공담주의자화, 관념의 불가사의화를 의미합니다. 끝없는 바다에서는 버터로 노를 삼고, 길 없는 대지에서는 빵으로 다리를 삼아야 합니다. 제가 지식은 짧지만 그렇다고 어찌 상식도 없겠습니까? 우리는 항상 문제를 제기하고 목표를 세워야 합니다. 나라에 목표가 없다는 것은 사람에게 머리가 없는 셈이니 어떻게 되겠습니까!"

"됐어, 됐어, 큰 방향은 다들 일치하니까 그만들 해." 할아버지가 한마디 하시자 다들 조용해졌다.

내 아들 덕분에 다음 날 버터, 빵, 달걀, 우유, 커피가 식탁에 올라왔다. 쉬 누이와 할머니는 커피와 우유를 먹지 않았다. 숙부가 두 사람에게 다진 양파와 계피, 후추, 생강껍질, 고추, 새우기름을 넣은 양념장을 만들어 우유, 커피에 타 주었다. 그러면 우유, 커피의 역겨운 서양 맛을 삭일 수 있다는 것이었다. 한모금 맛을 보았더니 과연 맛이 한결 견딜 만했다. 나도 양념장을 타고 싶었으나 아들이 살인범을 노려보는 듯한 눈길로 보는 바람에 꼼짝 없이 입맛을 희생하는 수밖에 없었다.

사흘 뒤, 큰 소동이 일어났다. 쉬 누이는 급성 위장염으로
입원했는데 위암일 가능성이 있다고 했다. 할머니는 신경성
간경화에 걸렸다. 할아버지는 양식을 먹고 나서부터 변비에
시달렸다. 사촌 여동생은 장 경색으로 복통이 심해서 긴급
외과 수술을 받았고, 그 남편은 치통이 심해지고 입 주위가
다 헐었다. 아내는 끼니마다 토했다. 서양 음식을 모조리 토
해버리고는 아들 몰래 슬쩍 친정집에 가서 죽과 짠지를 보충
하고 왔다. 더 놀라운 일은 요 사흘 동안에 예전 1개월치 식
비를 축낸 것이다. 아들은 식비를 늘려야지 죽과 짠지로 되
돌아가서는 안 된다고 으름장을 놓았다. 사정이 이렇게 되고
보니 내가 직접 나설 수밖에 없었다. 나는 아버지와 숙부를
찾아가 아들의 권력을 시급히 회수하여 집안이 예전으로 돌
아가야 한다고 건의했다.
　아버지와 숙부는 할아버지를 찾아갔고, 할아버지는 또 쉬
누이를 찾아갔다. 쉬 누이는 입원한 뒤부터 퇴원을 하더라도
다시는 밥을 하지 않을 것이며, 만약 그녀가 쓸모없다면 자신
을 내쫓아도 좋다고 했다. 그러자 할아버지가 나서서 절대로
그런 뜻이 아니라고 누차 해명했고, 자신의 인생철학을 다시
한 번 강조했다. 그는 사는 데 있어 정리(情理)가 가장 중한
것이며 쉬 누이가 우리집에 있는 한 할아버지의 친척들보다
더 친하고, 자식들보다 더 가깝다, 쉬 누이가 우리와 함께 있
는 한 우리는 희노애락을 함께할 것이다, 설사 집에 만두가

하나밖에 없다고 할지라도 쉬 누이의 한 조각 몫은 있을 것이다. 횡재를 하면 쉬 누이에게도 혜택이 갈 것이며 궁핍해져도 쉬 누이가 편히 쉴 자리는 있다, 어찌 사람을 쓰고 헌신짝처럼 버리겠는가라며 설득했다.

할아버지는 제 감정에 겨워 눈물을 흘리셨다. 간이 콩알만 해졌던 쉬 누이도 덩달아 눈물 콧물 범벅이 되었다. 간호사들이 환자의 건강에 나쁘다고 해서 할아버지는 하는 수 없이 눈물을 머금고 발길을 돌렸다.

할아버지는 집에 돌아와 가족회의를 소집했다. 자신은 이미 나이가 많이 들어 무엇을 어떻게 먹을 것인가를 비롯한 기타 유관 사항에 관여하지 않을 것이며, 그런데도 기어이 자신을 찾는다면 자신은 다시 쉬 누이를 찾을 수밖에 없다고 선언했다. 쉬 누이는 너희들 불만 때문에 속이 상하고, 증손자의 서양 음식 때문에 장이 상했은즉, 자신은 이제 더 이상 관리할 수 없으니 너희들이 먹고 싶은 대로 먹으라는 것이었다.

"나는 먹을 게 없어 굶어 죽어도 좋다." 할아버지의 말씀이었다.

다들 서로 얼굴만 쳐다보다가, 반세기 이래 노소가 평안하고 4대가 화목하게 보낸 것은 그래도 할아버지가 집안 관리를 잘 하신 것이라고 한마디씩 했다. 사촌 여동생은 이후 매일 할아버지께 진지를 지어 올리겠다고 했다. 즉 사촌 여동생, 매부, 할아버지, 할머니, 쉬 누이가 한 조가 되어 자기네들 밥을 지어 먹겠다는 것이었다. 아버지는 어머니와 한 조가 되었으나 나와 아내는 넣어주지 않았다. 우리에게는 신세대, 신사조의 아들이 있기에 같이 먹을 수가 없었던 것이다. 나도 아내와 둘이서 한 조를 만들었고, 숙부도 고모와 그랬다. 유독 내 아들만은 혼자였다.

사촌 여동생은 이 결과에 만족한 듯이 "각자 먹는 것이야말로 현대화지! 무슨 홍루몽(紅樓夢) 시대도 아니고 4대가 함께 밥을 먹다니. 그리고 이렇게 많은 사람이 한 밥상을 에워싸고 먹으면 비좁을 뿐만 아니라 간염 같은 게 옮기도 쉽다고." 사촌 여동생은 반문투로 한 마디를 추가했다.

"미국에 이런 대가족이 있는 줄 아세요? 몇 세대가 세대 차이를 무릅쓰고 함께 밥을 먹다니 세상에 원."

이야기를 듣는 할아버지의 표정에서 처량함이 느껴졌다.

제각기 밥을 만들어 먹는 신식 제도도 채 사흘을 넘기지 못했다. 점심 때, 11시가 되면 사촌 여동생은 밥을 했다. 할아버지의 위엄을 등에 업고 먼저 밥을 하니 다른 사람들은 건너보며 기다릴 수밖에 없었다. 그다음은 아버지, 그다음은 숙부, 내가 밥 할 차례가 되면 이미 오후 2시쯤이었다. 그러니 밥을 먹지 못하고 먼저 오후 출근을 할 수밖에 없었다. 저녁에도 마찬가지였다. 그러니 자연 매 조마다 하나씩 주방 설비를 갖추는 문제를 연구하게 되었다. 가스는 불가능했다. 지난번에 가스통 하나를 마련하느라 열네 사람에게 부탁을 했고, 일곱 번 접대를 해야 했으며, 그림 두 장, 담배 다섯 보루, 술 여덟 병을 선물로 보냈는데도 13개월 하고도 13일이 걸렸다. 젖 먹던 힘까지 다 쏟은 격이었다. 연탄 아궁이를 설치한다고 해도 수속이 필요했고, 수속을 하지 않고선 석탄을 살 수 없는 노릇이었다. 석탄을 사와도 사실 놓을 자리도 없었다. 현대적 사고에 따르자면 먼저 부뚜막을 네 개로 확장하고, 부엌 면적을 30평방미터로 늘려야 했다. 물론 제일 좋은 것은 주방 자체를 네 개로 늘리는 것이고, 그것보다 더 좋은 것은 다섯 개를 만드는 것이다. 목하 사람들의 소비 욕구는 고삐 풀린 말과 같다. 신문마다 소비 과열을 얘기한다. 그래서 집을 고칠 생각은 하지 않으면서 현대적 관념을 얘기하고, 더욱이 뒷구멍으로 어떻게 해볼 요량을 하는 것은 한마디로 입만 살아 있는 헛소리에 불과했다.

제각기 밥을 지어 먹는 과학적 방법은 큰 성과를 보지 못한채 가스 한 통을 나흘만에 다 써버렸다. 금년에 LPG 가스를 제한 공급하면서 1년에 티켓을 10여 장밖에 주지 않았다. 가스 한 통을 25일 이상 써야만 온 가족의 식사와 차를 마련하는데 필요한 뜨거운 물을 공급할 수 있는 셈이다. 그런데 9일만에 다 써버렸으니 1년치는 4개월이면 다 써버릴 것이고, 그다음 8개월을 어떡할 것인가? 큰일이었다. 집안 생활의 질서가 파괴되고, 게다가 국가 분배 질서를 파괴시킨 것이었다.

모두가 놀랐고, 한숨, 신경질, 잔소리가 늘기 시작했다. 가

스가 떨어지면 생식을 해야 한다고 하는가 하면, 각 조의 밥
짓는 시간을 11분으로 제한해야 한다고도 하고, 지금과 같은
취사 방법은 생산 관계가 생산력의 발전 수준을 제약하는 것
이라고도 했다. 또 식사 제도는 개혁하면 할수록 엉망이 되
어가니, 아예 할아버지의 통제 하에 쉬 누이가 집정(執政)할
때보다 못하다고도 했다. 미국을 공격 대상으로 삼고는, 짐
승만도 못한 미국인들은 효도니 충성이니 신의니 하는 것도
모르니 대가족이 있을 턱이 없고, 훌륭한 가정 도덕의 전통
을 갖춘 우리가 왜 하필 미국을 따라 배워야 하느냐는 사람
도 있었다. 다들 할아버지에게 폐를 끼치기가 멋적어 이번에
는 약속이라도 한 듯이 사촌 매부를 찾아가기로 했다.

　사촌 매부는 집에서 유일하게 서양물을 먹은 사람이다.
그는 요 몇 년 사이 양복 두 벌, 넥타이 둘을 샀다. 미국에
가 6개월 동안 연수를 받은 적이 있고, 일본을 열흘 동안 참
관했으며, 독일의 7개 도시를 돌아본 적이 있다. 식견이 넓
고 의젓한 데다 '감사합니다' '미안합니다'를 9개 국어로 할
수 있는 우리 집안의 인물이다. 우리 집안 성씨가 아닌지라
자기 처신을 잘 알고 다투거나 오만하거나 떠들지도 않고 우
리가 하자는 대로 따라왔다. 그러니 우리들의 존경을 받을
수밖에 없었다.

　"제 생각으로 요체는 민주입니다. 민주가 없으면 잘 먹어
도 그런 줄을 모르고, 또 민주가 없으면 꿀꿀이죽을 먹어도

나서서 책임지는 사람이 없습니다. 민주가 없으면 되는 대로 먹을 수밖에 없으며 단것을 먹어도 단 줄을 모르고 쓴 것을 먹어도 그것이 쓴 줄을 모릅니다. 달고 쓴 것이 우리의 선택과 무관한 것일까요? 민주가 없다는 것은 일종의 마비 상태로서 밥을 먹는 주체 의식을 잃어버리는 것이며, 밥 먹는 주체를 똥 만드는 기계로 소외시키는 일입니다. 일시에 혼란이 닥치면 각자가 다 옳다고 경거망동을 하고, 자기 이익에 눈이 멀고 눈앞에 닥치는 일에만 신경을 쓰는 이른바 밥 먹는 주체는 위만 커지고 머리는 빈 마귀로 변하는 겁니다. 민주가 없으면 선택이 없고, 선택이 없으면 자기를 잃습니다."

이야기를 들은 뒤 다들 뭔가 큰 깨우침을 얻은 것 같았고, 연신 고개를 끄덕였다. 흥이 난 사촌 매부는 계속 말을 이었다.

"나이를 따지고 위아래를 따지는 것은 일종의 농업 사회의 질서였는데, 이런 질서는 특히 문맹과 어리석은 사람들에게 적합한 것입니다. 선천적인 바보라 해도 이런 틀에 박히고 동요 없는 질서를 이해하고 받아들일 수 없습니다. 이는 경쟁을 압살하는 것이며 사람들의 능동성, 창조성, 변화성을 말살시키는 것입니다. 변화가 없으면 인류가 없고, 변화가 없었다면 우리는 아직도 원숭이였을 겁니다. 이런 질서는 또한 새로 싹트는 힘을 억압합니다. 사람의 정력이 가장 왕성하고 사상이 가장 활달하며 뭔가를 가장 열심히 추구할 시기는 40세 이전입니다. 그런데 이때 그들은 사회 맨 밑바닥에 억눌려 있는 것입니다."

"맞아요."

아들이 흥분하여 맞장구를 쳤다. 나는 가만, 아들에게 그러지 말라고 손짓을 했다. 아들의 서구식 식단화 강령이 실패한 뒤로 집안 공기가 별로 좋지 않았던 것이다. 그를 모험가, 변설가, 심지어는 모반파쯤으로 보는 분위기였다. 사촌여동생과 사촌 매부까지도 곱게 보지 않는 눈치였다. 물론 그가 그렇게 나댔던 것이 결국 사촌 매부를 도와준 셈이었지만.

아들이 물었다.

"말씀 잘하셨어요. 그런데 대관절 우리가 어떻게 해야 되는 거지요?"

사촌 매부가 계속 이었다.

"민주를 발전시키기 위해서는 선거를 해야 합니다. 민주선거, 이것이 핵심이자 요체이고, 중심 고리인 것입니다. 다들 선거를 합시다. 다들 금후 자신이 집안을 관리하게 된다면 돈은 얼마를 받을 것이며, 다른 사람들은 어떻게 의무를 이행해야 하고, 또 어떤 식탁을 제공할 것인지, 자신은 보수로 얼마를 받을 것인지를 발표하는 겁니다. 일체를 공개화, 투명화, 규범화, 제도화, 법률화, 질서화, 과학화하고 투표를 거쳐 소수가 다수에 복종해야 합니다. 이것이 바로 새로운 사고이고, 새로운 정신, 새로운 질서입니다. 변화가 없이 굳어지는 것을 막고 자기 멋대로 하는 무정부주의도 억제할 수 있는……."

아버지는 한참 동안 뭔가를 골똘히 생각하고 있었다. 얼굴의 주름살이 뭔가를 생각하느라 더욱 깊어졌다. 그런 뒤 자기 의사를 표명하였다.

"음, 난 찬성이야. 그런데 여기에는 두 가지 문제가 있어. 하나는 할아버지가 동의하시느냐는 것이고, 다른 하나는 쉬 누이가……."

"할아버지는 문제 없어요. 사상이 얼마나 트인 분인데요. 식사 관리는 할아버지가 귀찮아하신 지 오래예요. 문제는 쉬 누이가……" 사촌 여동생의 말이다.

급해진 것은 내 아들이었다.

"쉬 누이가 누구네 사람이지요? 그이는 근본적으로 우리집 구성원이 아니에요. 따라서 선거권과 피선거권이 없는 거지요."

어머니가 언짢은 듯 말씀하셨다.

"넌 그만 좀 해. 쉬 누이가 같은 성씨가 아니고 우리 가족이 아니어도 우리집 일은 그이를 설득시키지 않고서는 아무것도 안 돼. 이 집에서 한평생을 살아온 내가 더 잘 알아. 너희들이 무얼 안다고 나서."

이번에는 사촌 여동생과 사촌 매부도 의견이 나뉘어 논쟁이 붙었다. 사촌 매부는 쉬 누이의 특수 지위를 인정해준다는 것은 민주를 인정하지 않겠다는 것이며, 민주를 인정하는 이상 쉬 누이의 특수 지위를 인정해줄 수 없고, 이는 매우 근본적인 문제로 더 이상 가타부타할 여지가 없는 것이라고 했다. 사촌 여동생은 사촌 매부가 현실을 젖혀둔 채 말만 늘어놓는다고 타박했다. 쉬 누이를 무시하는 것은 전통을 존중하지 않는 것이며, 전통을 존중하지 않는 것은 든든한 지반을 잃는 것이다, 든든한 지반을 잃으면 개혁의 방안은 물거품으로 돌아가게 된다고 주장했다. 사촌 여동생은 추호도 양보하지 않았다.

"출국 몇 번 해보고, 외국말 좀 할 줄 알면 그만인 줄 알아요? 사실 우리 집안에서 당신 지위는 쉬 누이보다 못하다고요!"

일순, 매부의 안색이 달라졌다. 한동안 쓴웃음을 짓더니 어디론가 가버렸다.

며칠이 지나고, 그래도 숙부가 나서서 문제 해결을 시도했다. 원래 생각했던 두 개의 난관이 기실 하나의 난관이 된 셈이었다. 쉬 누이가 완고하긴 하지만 할아버지 의견이라면 모두 따르는 까닭에 할아버지를 통하면 쉬 누이 문제는 자연스럽게 해결되기 마련이었고, 쉬 누이 문제를 두고 민주에 대한 격렬한 투쟁을 벌일 이유가 없었던 것이다.

다들 깨달은 바가 컸다. 원래 세상만사 모든 문제라는 게 크다면 크고, 작다면 작고, 있다면 있고, 없다면 없는 것이라는 것을 깊이 깨달은 것이다. 갖가지 다른 의견들이 서로 공통분모를 찾아 더없이 넉넉하고 친밀해졌으니 이보다 더 좋은 것이 어디 있겠는가. 다들 자신감이 충만했다. 사촌 매부와 아들도 기뻐서 입을 다물지 못했다.

아버지와 숙부더러 할아버지와 얘기하시게 했는데, 과연 성과가 있었다. 쉬 누이는 선거에 무척이나 큰 반감을 가졌다.

"그런 쓰잘 데 없는 짓을 뭐 하러 해?"

그러나 그녀는 퇴원한 뒤부터는 모든 일에 관여하지 않을 것이고, 반대하지도 않을 것이라고 선언했다.

"여러분들이 파리를 먹으면 나도 파리를 먹을 것이며, 여러분들이 모기를 먹으면 나도 같이 모기를 먹을 것이니 무슨 일이든 내게 묻지 마세요."

그녀는 자신의 선거권에 대해 관심이 없을 뿐더러 어떤 의견도 없었다. 우리들의 토론에 참여하지 않을 것이라는 사실을 분명히 밝혔다. 보아하니 쉬 누이는 이미 역사의 무대에서 자진 퇴장을 한 것 같았다.

우리는 사촌 매부더러 이번 선거를 관장하게 했다. 선거가 있기까지 며칠 동안, 온 집안이 잔치 분위기였다. 소제를 하고, 유리를 닦고, 그림을 걸고 화병에 꽃을 새로 사다 꽂고……모르면 몰라도 민주화가 이런 새로움을 가져온 것 같았다.

마침내 그날이 왔다.

사촌 매부는 유럽을 방문할 때 입던 회색 양복에 검정 넥

타이를 맸다. 교향악단 지휘자가 이번의 성스러운 일을 지휘하는 것 같았다. 그는 먼저 선거 참가자들더러 '나라면 어떻게 집안을 관리할 것인가'에 대해 정견을 발표하도록 했다.

나서는 사람이 없다. 쥐 죽은 듯이 조용하다. 부엌의 파리 소리만이 들려왔다.

사촌 매부는 의외라는 듯이 소리쳤다.

"왜? 경선에 나설 분이 안 계십니까? 다들 자신의 생각이 있고, 의견이 있지 않습니까?"

사촌 여동생이 이내 그의 말허리를 잘랐다.

"저이 말 좀 못 하게 해요. 자기 일도 아니잖아요."

사촌 매부는 태도가 부드러웠다. 여전히 신사의 품위를 유지하고 있었다.

"저는 경선에 참여하지 않습니다. 저는 민주화를 해야 한다는 뜻을 내놓았을 뿐이고 제가 권력을 잡겠다는 뜻은 없습니다. 여러분들이 저를 뽑는다면 그것은 민주에 먹칠하는 일이 될 것입니다. 저는 지금 자비 유학 수속을 진행 중이고, 이미 북미 여러 대학들과 연락이 끝났습니다. 암달러 시장에서 달러를 바꾸기만 하면 여러분들에게 안녕을 고할 사람입니다. 여러분들이 제게 돈을 좀 빌려주신다면 기쁘기 한량없겠습니다. 인민폐를 빌려 달러로 돌려드리겠습니다……."

서로 바라만 보다가 한숨들을 내쉰다. 다들 약속이나 한 듯이 속으로 이런 생각을 하고 있었다. '경선으로 집안일을 관리할 사람을 뽑아? 배부른 소리 아냐? 실컷 바람을 불어 넣고서는 이제 약을 파는 꼴이군. 윗사람, 옆사람도 안중에 없이. 진짜 집안을 맡겨? 식구들을 만족시킬 수 있을까? 차려진 밥을 마다하고 경선을 한다는 게 약을 잘못 쓰는 꼴 아닐까? 수십 년 동안 민주 선거 없이도 죽, 짠지, 자장면을 먹고 잘 살았는데, 이제와서 새삼스레 무슨 민주 선거람. 수천 년 동안 민주 선거 한 번 없이도 굶어 죽지도 않고 배 터져 죽지도 않았잖아. 배부르니까 할 짓이 없어서, 쓸데없는 무슨 민주 선거야? 중국인들은 글쎄 이렇다니까, 나대고 설쳐대다가 한번 혼쭐이 나야 그제서야 얌전해지거든. 그렇지만 이왕지사 민주 얘기를 꺼냈으니 어쨌거나 한 번은 민주를 해봐야 할 노릇 아닌가. 이미 선거를 하기로 했으니 해야 할 것이고, 이렇게 다 모이고 할아버지까지 모셨으니 예의야 갖춰야지. 그리고 민주적 선거가 꼭 나쁜 것도 아니지 않는가. 선거가 잘만 되면 이후 영양가도 있고, 맛도 있는 음식을 먹어서 자양강장에 원기가 충만할 것이고, 돈도 절약하고, 에너지도 아끼고, 위생적이고, 도맡아 책임지는 사람이 있지만 전횡을 휘두를 수가 없고, 식은 밥을 먹지 않을 뿐만 아니라 양식을 낭비하지도 않고, 대합을 먹어도 간염에 안 걸릴 것이고, 물고기를 먹어도 비린내가 나지 않을 것이고…… 민주 선거의 결과가 정말 이렇게 좋다면 누가 민주 선거를 마다하겠어?'

그리하여 선거는 시작되었다. 투표와 검표, 집계를 거쳤다. 11장을 배부하여 11장이 회수되었으니, 투표는 유효인 셈이었다. 아무 이름도 쓰지 않은 백지 투표가 4장이었고, 다른 1장에는 '누구나 다 좋다'고 씌어 있었으니 이것도 백지인 셈이었다. 결과는 쉬 누이가 2표, 할아버지가 3표, 아들이 1표였다.

어떻게 하나? 할아버지 표가 제일 많다. 그렇지만 절반, 아니 3분의 1도 안 된다. 당선으로 인정해야 하는가? 그러나 그런 규정이 없었다. 사촌 매부에게 물었다. 세상에는 두 가지 법이 있단다. 하나는 성문법이고, 하나는 불문법이다. 불문법은 법학적인 의미에서 엄밀히 따지자면 법이 아니다. 예를 들어 미국 대통령의 중임제에 대해서는 헌법에 명확한 규정이 없다. 그렇지만 실제로는 모두가 그렇게 하고 있기 때문에 그것도 법이다. 민주의 기본 개념은 소수가 다수에 복종하는 것이다. 다수란 무엇이며, 상대적으로 다수란 무엇이며, 과반수 이상이란 무엇인가? 이는 전통에, 사람들의 사고와 관념에 따라야 한다. 우리의 이번 선거는 첫 시작이며, 게다가 친혈육 간이기에 모두들 어떻게 생각하는가에 따라 처리하는 것이 좋다.

사촌 여동생이 할아버지 표가 가장 많으니 할아버지가 당선되는 게 당연한 것이며, 이는 봉건적인 가부장제 의식에서 나온 것이 아니라 현대 민주 의식에 따른 것이라고 했다. 또 우리집에는 봉건적인 가부장제 의식이 존재하지 않으며, 우리가 경각심을 가져야 할 것은 반봉건이라는 허울을 쓴 무정부주의, 자유주의, 자아 중심주의, 유아주의(唯我主義), 소비 중심주의, 향락주의, 미국 달이 중국 달보다 둥글다는 주의, 서양 교조주의라고 말했다.

그런데 아들이 갑자기 흥분을 하면서 자기가 얻은 1표는 자신이 던진 것이 아니라고 엄숙하게 공표했다. 그러자 주위의 눈길이 모두 내게 쏠렸다. 마치 내가 아들을 뽑아 부정한 기풍을 조성하려고 한 것처럼. 얼굴이 홍당무가 되면서 한편으로는 누가 그렇게 생각할까, 왜 그렇게 생각할까, 생각을 굴렸다. 사실 아들에게 표를 던지지 않으면 아버지, 숙부, 어머니, 아내, 사촌 여동생에게 표를 던질 수밖에 없다. 프로이트 학설에 따를라치면 사촌 여동생이 아들보다 가까울 수야 있겠는가. 그리고 아들이 아버지를 죽이고 어머니를 취하는 오이디푸스 심리가 있는지도 모를 일이지 않는가. 왜 아들 한 마디에 다들 나를 못살게 구는 것인가.

아들이 다시 외쳤다. 그에게 던진 1표는 인심이 아직 살아 있다는 것이고, 불씨가 죽지 않는 한 불길은 꼭 활활 타오를 것이라고. 아들은 그가 우리집 식탁 개혁 문제에 관심을 쏟는 것은 사심 없이 봉사하려는 헌신 정신에서 비롯한 것이고, 전통적 인문주의 정신과 모든 사람들에 대한 드넓은 사랑에서 나온 것이라고 밝혔다. 사랑을 얘기하며 그의 눈가에는 콩알만 한 눈물이 맺혔다. 그의 주장에 의하면 우리집은 질서는 있지만 사랑이 없다. 사랑이 없는 질서는 사랑 없는 결혼과 마찬가지로 비도덕적인 것이다. 그는 사실 자기는 진즉에 우리집 식단 체계에서 벗어났고, 자신의 뜻(의지)대로 켄터키치킨을 먹고 샌드위치, 맥도날드 애플파이, 아이스크림, 푸딩을 먹을 수 있었다고 했다. 그는 고모를 아주 사랑하고 있지만 고모의 관점은 받아들일 수 없다고 했다. 비록 고모의 생각이 아주 좋게 들릴지라도.

이때 숙부가 말을 이었다. 사촌 여동생이 얘기한 현재 우리가 경계해야 할 주요 모순과 주요한 위험에 대한 얘기는 이치에 맞지 않는다는 거였다. 어느 한 문제를 주요한 위험이라고 지나치게 강조하지 않는 것이 가장 좋은 것 같다고 했다. 자신의 반세기에 걸친 의사 경험으로 볼 때 만일 변비가 위험하다고 말하면 변비를 피하기 위한 나머지 설사가 넓게 퍼져 설사약의 판매 과열과 의사들의 반발 심리가 일게 된다. 반대로 설사가 위험하다고 말할라치면 설사를 면하려다 직장 건조 현상이 초래되어 치질이 생길 수 있고, 그러면 열이 오른 사람들은 자꾸 싸우게 된다. 그러므로 중요한 것은 변비도 예방하고 설사도 예방하는 것이다. 변비는 나쁘지만 그렇다고 설사가 변비보다 좋은 것은 아니다. 변비가 있으면 변비를 치료하고 설사를 하면 설사를 치료해야 한다. 그러나 가장 좋은 것은 변비도 설사도 겪지 않는 것이다.

그가 여기까지 말하자 박수갈채가 쏟아졌다. 박수갈채가 멎은 다음에야 근본적인 문제는 그래도 여전히 해결하지 못했다는 것을 깨달았다. 열렬한 토론으로 신진대사가 촉진된 탓에, 다들 배가 고팠다. 득표가 가장 많은 할아버지께 식사 관리를 하시라고 했지만, 그는 동의하지 않았다.

아들은 환호성을 질렀다. 우리는 새로운 돌파구가 열렸다고 느꼈지만 이미 시간도 흘렀고 배도 고팠다. 누가 식탁 관리를 할 것인가를 토론하고 있는 중에도 어쨌거나 때가 되면 밥은 먹어야 했다. 토론 결과가 나와도 밥은 먹어야 하고, 그렇지 않아도 밥은 먹어야 한다. 토론을 지지해도 밥을 먹어야 하고, 그렇지 않아도 밥은 먹어야 한다. 그래서 다들 각자 밥을 먹으러 가버렸다.

밥하는 솜씨를 평가하기 위해 우리는 몇 가지 절차를 마련했다. 사람마다 만두 한 솥, 밥 한 솥, 달걀 볶음 두 접시, 짠지 한 접시, 죽 한 그릇, 돼지 허벅지 요리 한 접시씩을 해보기로 했다. 이 결정을 위해 온 집안 식구들이 꼬박 30일을 연구했다. 논쟁, 충돌, 다툼, 눈물이 있었고, 화해가 있었다. 나중에는 지칠 대로 지쳐 배뇨가 잘 되지 않을 뿐더러 걸음걸이도 제대로 되지 않았다. 화목이 깨지기도 했지만 단결이 배가되고, 서로의 사상과 감정이 교류되기도 했다. 정신적으로 피곤했지만 썩 재미있기도 했다. 달걀 요리를 할 때는 다들 입가에 회심의 미소를 지었다. 그러나 짠지를 만들 때는 근심스러운 듯이 침묵을 지켰다.

마침내 요리 솜씨를 평가한 결과가 나왔다. 결과는 순리대로 되었다. 아무도 말이 없었다. 1등 1급은 할아버지, 할머니, 1등 2급은 아버지, 어머니, 숙부, 숙모였다. 2등 1급은 나, 아내, 사촌 여동생, 사촌 매부였고, 3등 1급은 내 꺽다리 아들이었다. 꼴찌인 아들이 충격을 받을까 봐 우리는 비록 3등을 했지만 그에게 '희망의 별 특별 영예상'을 주기로 했다. 아들은 특별 영예를 타고 '희망의 별'이 되었지만 여전히 3등이었다. 여하튼 이론과 명칭, 방법은 새롭게 바뀌었지만 그 질서는 변함이 없었다.

오랜 시일이 지났다. 질서에 변함이 없자 이론이니 명칭이니 하는 것에 대한 토론과 실험은 자연히 열기가 식었다. 밥하는 것과 밥 먹는 문제는 더 이상 우리들 사이에 의견 대립과 감정의 파문을 일으키지 못했다. 밥하는 것과 밥 먹는 것이 대관절 기술적인 문제인지 체제 문제인지, 문화관의 문제인지, 아니면 우리가 미처 생각지도 못하는 다른 문제인지 하는 것들이 다시는 우리를 괴롭히지 않았다. 이런 문제를 토론하지 않아도 우리는 평소대로 밥을 먹을 수 있었다. 쉬누이는 편안하게 눈을 감았다. 병도 없이 갔다. 하루는 쉬 누이가 낮잠을 잤는데, 오후 4시가 되도록 일어나지 않는 것이었다. 가보았더니 이미 숨이 멎어 있었다. 온 집안 식구가 그녀를 그리워하고, 존경하고, 애도했다. 아들은 외국합자회사에 들어갔다. 매일 버터에 빵, 동물성 단백질을 먹는 이상을 실현한 것 같았다. 휴일날 집에 돌아오는데, 뭐가 제일 먹고 싶냐고 하면 여러 좋은 음식을 다 먹어봤는데 그래도 지금은 죽과 짠지, 자장면과 탕이 제일 먹고 싶다고 했다. 그러고 나서는 자조하듯이, 관념은 바뀌기 쉬워도 사람의 입맛은 바뀌기 어려운 것 같다고 말했다.

숙부와 숙모는 새로 지은 아파트로 이사를 했다. 그들은 중앙 공급식 가스관과 자동 환풍 장치가 설치된 주방에서 돼지 허벅지 요리도 하고 달걀 요리도 해보았다고 한다. 그렇지만 늘 먹는 것은 여전히 죽, 구운 만두, 짠지, 탕, 자장면이었다. 사촌 매부는 출국하여 공부도 하고 돈도 벌어 이미 사촌 여동생을 데려갔다. 그는 편지에서 "나라 밖에서도 우리는 항상 죽과 짠지를 먹습니다. 짠지와 죽을 먹으면 따뜻함과 그리움이 넘쳐나 이국 타향에 있다는 시름을 덜게 됩니다. 따뜻하고 소박한 우리집에 오기라도 한 듯이 말입니다. 아마 우리 세포 안에 이미 짠지와 죽의 유전인자가 생겼나 봅니다."

나, 아버지, 할아버지는 함께 행복하게 살아가고 있다. 우리가 먹는 닭고기, 오리고기, 물고기, 달걀, 우유, 설국, 식용유 등 모든 것이 늘었고, 우리는 모두 살이 쪘다. 우리 식탁은 갈수록 다채로워졌고, 고급스러워졌다. 고기볶음, 해삼 요리, 땅콩볶음, 게 요리, 오징어 요리 등등이 올랐다가 내려갔고, 즐겨 먹었다가는 다시 잊혀져갔다. 그러나 오직 죽과 짠지만은 여전했다. 진수성찬에 산해진미를 다 먹었어도 꼭 끝에는 죽과 짠지를 먹어야만 구강, 식도, 위, 장, 간, 비장 등 모든 기관이 정상적으로 가동되는 것 같았다. 죽과 짠지를 먹지 않으면 배가 붓고 아파 흡사 암에라도 걸린 것 같았다. 우리가 여지껏 위장암에 걸리지 않은 건 전부 다 죽과 짠지의 공인 것이다. 죽과 짠지는 우리 식탁에서 결코 변할 수 없는 벼릿줄이었고, 나머지 것은 다 그것을 위한 장식일 뿐이었다.

쉬 누이가 떠난 뒤 밥을 하는 중책은 어머니에게 떨어졌다. 끼니마다 밥을 하기 전에 어머니는 꼭 할아버지, 할머니에게 묻는다. "탕을 끓일까요, 말까요?" "고기는 채로 썰까요 덩어리지게 할까요?" 이제나저제나 변함없는 이 물음은 충성스럽고 또한 사람들을 감동시켰다. 이러한 순서는 지극히 도덕적인 것이었다. 겉으로 보기엔 아무것도 아니고 공허하기까지 한 이 문답 속에는 쉬 누이에 대한 그리움이 담겨 있었던 것이다. 우리는 쉬 누이는 비록 갔지만 그이의 영향은 여전히 집안에 남아 있음을 느낀다. 할아버지는 국을 끓일 것인지의 여부, 고기를 어떻게 썰 것인지, 무슨 고급 산해진미를 먹을 것인지 등에 일절 관여하지 않겠노라고 누차 말했다. 그러나 어머니는 그런 걸 묻지 않으면 마음이 찜찜했다. 밥을 해놓고 집안 식구들이 상에 둘러 앉으면 송곳방석에 앉은 것처럼 우리, 특히 할아버지 눈치를 살핀다. 할아버지가 기침을 한번 하면, 어머니는 혼자 속으로, "혹시 죽에 돌이라도 들어갔나, 짠지가 너무 짠 것 아냐"라며 염려를 한다. 그러나 혼자 속으로 중얼거릴 뿐 감히 직접 의견을 청취하지는 못한다. 때문에 어머니는 매일 황혼녘이 되면 공손히 할아버지에게 묻곤 한다. "탕을 끓일까요, 말까요?" "고기는 채로 썰까요, 덩어리지게 할까요?" 그 묻는 목소리는 부드럽고 듣기 좋다. 할아버지의 대답 소리도 부드럽다. 할아버지가 "내게 묻지 말거라"라고 해도 어머니는 그 대답을 듣고서야 일을 하러 간다.

1940년대에 할아버지와 알고 지냈던 한 영국 친구가 중국에 와 우리집에 일주일간 묵었다. 우리는 상해에서 서양 요리 요리사를 청해다가 그에게 빵과 케이크, 갈비 등을 해주었다. 그러나 영국 친구는 아주 솔직하게 이렇게 말했다.

"나는 서양 요리 혹은 이름만 서양 요리인 것을 먹기 위해 온 게 아닙니다. 당신들의 오랜 전통을 지닌 독특한 매력을 지닌 밥을 먹게 해주십시오. 부탁입니다." 어떡하나? 하는 수 없이 쑥스럽지만 죽과 짠지로 대접할 수밖에!

"얼마나 소박하고 얼마나 아름다우며 얼마나 편하고, 얼마나 품위 있습니까! 유구한 역사를 지닌 동양만이 이런 신비스런 음식을 지니고 있습니다." 영국 박사는 이렇게 감탄했다. 나는 그가 죽과 짠지를 칭찬한 케임브리지 표준 영어를 테이프에 녹음해가지고는 꺽다리 아들에게 들려주었다.

밤의 눈

밤의 눈 夜的眼

가로등이 한꺼번에 환해졌다. 천따이(陳呆)는 그의 머리끝에서 두 가닥 빛줄기가 뻗어나간 것 같다고 느꼈다. 거리 양쪽으로 흐르는 빛줄기의 끝이 보이지 않는다. 회화나무가 소박하면서도 넉넉한 그림자를 던지고 있다. 버스를 기다리는 사람들의 그림자가 짙게 혹은 옅게 드리우고 있다.

큰 차와 작은 차, 무궤도 전차와 자전거, 경적 소리와 웃음 소리. 대도시는 밤이라야 특유의 활력과 특색이 넘쳐난다. 사람들의 눈길을 끄는 수은등이 듬성듬성 들어오고 이발관의 회전등이 불을 밝힌다. 파마 머리를 한 사람, 긴 머리를 한 사람. 높은 굽 신발을 신은 사람, 중간 굽 신발을 신은 사람, 민소매 원피스를 입은 사람. 향수와 화장품 향기. 도시와 여인들이 이제 막 몸단장을 하기 시작한다. 벌써 어떤 사람들은 앉을 자리를 찾지 못하고 있다. 재미있다. 천따이가 마지막으로 이 도시를 다녀간 지 20년도 넘었다. 20여 년 동안 멀리 떨어진 성(省), 그 멀고 먼 성에서도 한참 멀고 조그만 시골에 살았다. 그곳 가로등의 3분의 1은 불이 들어오지 않는다. 그나마 제대로인 3분의 1 중에서도 3분의 1은 밤에 전기가 공급되지 않아 불을 켤 수가 없다. 잊어먹어서인지 연료 분배가 정상적으로 되지 않아서 그러한인지는 모르겠지만, 크게 문제가 되는 것은 아니다. 그곳 사람들은 대개가 시골 생활 방식대로 산다. 해가 뜨면 나가 일을 하고 해가 지면 돌아와 쉬는 옛날 생활 방식대로다. 오후 6시면 기관과 공장, 상점, 식당이 죄다 문을 닫는다. 사람들은 저녁이면 자기 집에서 아이를 보고, 담배를 피우고, 빨래를 하고, 서로 이야기를 나눈다. 이야기가 끝나자마자 금방 잊어버릴 그런 이야기를.

차가 왔다. 파란색이다. 두 대의 차량이 하나로 연결된 매우 긴 차다. 안내양이 확성기로 말한다. 우르르 사람들이 내리고, 천따이와 다른 사람들 몇이 부딪치며 차에 오른다. 사람들이 많아서 자리가 없다. 하지만 즐겁다. 안내양은 볼이 불그스름하고 목소리가 낭랑한데, 앳되어 보인다. 천따이가 사는 시골에서라면 이런 아가씨는 노동자 문화공연단에서 진행을 맡고도 남는다. 그녀는 익숙하게 자동차 문을 열고 차표를 확인하기 위해 매단 조그만 전등을 켜고는 손님들이 내고 내린 차표를 찢는다. 탁, 다시 불을 끈다. 많은 가로등과 나무 그림자들, 건물들과 행인들이 뒤로 스쳐 지나가고 차는 다시 정류장에 도착했다. 안내양은 낭랑한 목소리로 정류장 이름을 외치고, 탁, 불을 다시 끈다. 사람들은 다시 서로를 밀치기 시작한다.

노동자 차림의 두 청년이 오른다. 흥분한 채로 이야기한다. "중요한 것은 민주야, 민주……" 대도시에 온 지 일주일, 천따이는 여기저기서 '민주'를 이야기하는 것을 듣는다. 이 대도시에서는 민주를 화제로 삼는 일이 그가 사는 먼 조그만 시골에서 양의 다리를 이야기하는 일처럼 흔하다. 이런 대도시에서는 비교적 고기 공급이 충분해서 그럴 것이다. 이곳 사람들은 양의 다리 때문에 애를 태우지 않는다. 그게 참 부럽다. 천따이는 미소를 짓는다.

하지만 민주와 양의 다리가 모순되는 것은 아니다. 민주가 없으면 입에 넣으려던 양의 다리도 남에게 빼앗길 수 있다. 그 외진 작은 시골 마을 사람들에게 보다 많이, 보다 질 좋은 양의 다리 고기를 제공해주지 못하는 민주는 그저 사치스러운 공담일 뿐이다. 천따이는 좌담회에 참석하기 위해서 이 도시에 왔다. 좌담회의 주제는 단편소설과 희곡 창작에 관한 것이었다. 사인방(四人幇)이 타도되고 문화대혁명이 끝난 뒤 천따이는 대여섯 편의 소설을 잇달아 발표했다. 예전보다 훨씬 성숙해졌다고, 앞날이 활짝 열렸다고 칭찬하는 사람들도 있었지만 훨씬 많은 사람들은 아직 20여 년 전의 실력을 회복하지 못했다고 했다. 양의 다리에 지나치게 관심을 기울이는 사람은 소설 쓰는 실력이 퇴보할 수 있다는 것이다. 하지만 양의 다리의 중요성과 절박함을 깨달은 것은 천따이로서는 일대 발전이고 큰 수확이었다. 이번 회의에 초청을 받아 오는 길에 한 작은 기차역에서 무려 1시간 12분을 정차해 있었다. 거기서 주민 등록에도 올라 있지 않은 신분으로 비싼 값에 양의 다리를 팔던 사람이 열차에 깔려 죽었다. 양의 다리를 빨리 팔려고 죽음도 아랑곳하지 않고 열차 밑으로 기어들어갔고, 결국 브레이크가 풀리면서 미끄러진 열차에 가련하게도 생을 마감한 것이다. 이 일이 줄곧 천따이를 무겁게 짓눌렀다.

종전에는 이런 좌담회에 가면 나이가 가장 어린 축에 들었는데 이제는 비교적 연장자에 속한다. 게다가 촌스러운 외모에 피부는 거칠고 까맣다. 그이보다 젊고 어깨도 넓고 키도 크고 눈도 큰 한 동지가 참신하고 대담하고 예리하고 생기 넘치는 사상을 발표했다. 막혔던 게 확 뚫리는 기분이다. 속이 후련하고 머리가 맑아지며 흥분된다. 결과적으로 문학 예술 문제는 토론도 못했다. 회의 진행자가 원래의 주제로 사람들을 이끌려고 무진 애를 썼지만 너나없이 가장 많이 이야기한 것은 사인방이 뿌리를 내리게 된 근본 원인에 관한 것이었다. 반봉건주의 문제에 대해서, 민주주의와 법치에 대해서, 도덕과 세상 풍속에 대해서, 공원에 갈수록 많은 청년들이 모여서 사교춤을 추고 전자기타 연주를 하고, 공원 관리원이 그런 어떻게 묘책을 써서 '재앙'들과 투쟁을 하는지에 대해서 이야기를 나누었다. 3분마다 그런 춤을 금지한다는 방송을 하고 벌금을 물려야 한다는 의견에서부터 문 닫는 시간을 2시간 앞당겨야 한다는 의견까지, 갖가지 방안이 나왔다. 천따이도 회의에서 발언을 했지만 다른 사람에 비하면 그의 발언의 톤은 낮았다. "조금씩 우리 발밑에서부터, 우리 스스로부터 시작해야 합니다." 이 회의에서 한 말이 절반만이라도, 아니 5분의 1, 아니 10분의 1이라도 현실로 실현된다면 얼마나 대단할 것인가, 이런 생각이 천따이를 흥분시키기도 했지만, 한편으로는 당혹스러웠다.

차가 종점에 도착했지만 승객들은 여전히 만원이다. 다들 아무 일 없다는 듯 더없이 태연한 채로, 안내양이 표를 내라고 소리쳐도 아랑곳하지 않는다. 안내양의 목소리에 신경질이 묻어난다. 외지인들이 낯선 곳에 오면 항용 그렇듯이 천따이는 손에 쥐고 있던 전구간 차표를 진즉부터 높이 쳐들고 있다. 하지만 안내양은 쳐다보지도 않는다. 그는 스스로 나서서 아주 예절 바르게 표를 안내양 손에 건네주지만, 안내양은 받지도 않는다.

그는 조그만 수첩을 꺼내 푸르스름한 비닐 겉장을 열고 주소를 찾아 사람들에게 묻기 시작한다. 한 사람에게 물었는데도 여러 사람이 너나없이 나서서 가르쳐준다. 그리고 보면 이런 대도시에서도 아직 예절을 중시하고 있구나. 고맙다는 인사를 하고 가로등 불빛이 환한 버스 종점을 지나 모퉁이를 몇 차례 돌아 미궁 같은 신흥 주택 지구에 들어선다.

미궁 같다고 한 것은 복잡해서가 아니라 단순해서다. 6층 높이의 아파트인데 동의 구분이 없다. 온갖 잡동사니가 가득한 채 촘촘하게 늘어서 있는 베란다와 형광등의 푸르스름한 불빛과 백열등의 노란 불빛이 새어나오는 빼곡한 창들, 심지어 건물 창문으로 새어나오는 소리조차 비슷비슷하다. 텔레비전에서는 국제 축구 대회를 중계하고 있고 중국팀이 한 골을 넣어 경기장 관중들과 텔레비전 앞에 앉아 있는 시청자들이 일제히 소리를 지른다. 사람들이 열광적으로 소리를 지르고 박수 소리와 환호성이 파도처럼 인다. 스포츠 중계를 하느라 유명한 원로 아나운서가 목청이 터져라 소리를 지르지만 사실 이런 때 해설은 불필요하다. 문에 망치질하는 소리, 도마에 칼질하는 소리, 애들 우는 소리, 어른이 윽박지르는 소리가 새어나온다.

이렇게 많은 소리와 불빛과 여러 가지 물건들이 성냥갑 속의 성냥개비들처럼 건물 안에 차곡차곡 들어 있다. 이런 밀집된 생활이 천따이에게는 낯설고 익숙하지 않고, 좀 우스꽝스럽기도 하다. 건물 높이만큼 자란 나무들의 그림자가 이런 생활에 엷은 신비감을 제공한다. 그가 사는 외딴 조그만 시골에서는 밤에 가장 흔하게 들을 수 있는 것이 개 짖는 소리이다. 그가 개 짖는 소리에 얼마나 익숙한가 하면, 소리만 듣고도 그 개의 털 색깔이 어떻고 주인이 누구인지를 알 정도이다. 야간 화물 자동차 소리도 들을 수 있는데, 차가 지나갈 때면 전조등이 사람들 눈을 찔러 아무것도 볼 수가 없다. 길가에 면한 집은 차가 지나갈 때마다 흔들린다.

이런 미궁 같은 아파트 단지를 걸어갈 때면 천따이는 후회가 들기도 한다. 이 밝은 대도시의 거리를 떠나지 말았어야 했다. 이렇게 붐비고 떠들썩하면서도 유쾌한 시내버스를 떠나지 말았어야 했다. 다른 사람들과 함께 큰 길을 따라 전진했더라면 얼마나 좋았을까. 그러나 지금 그는 혼자 여기에 와 있다. 여관에 묵지 않았다면 애초에 밖으로 나오지도 않았을 것이고 훨씬 좋았을 것이다. 자신보다 나이 어린 친구들과 밤을 새워가며 린뱌오(林彪: 문화대혁명 주창자 중의 한 명으로 당 부주석 역임—옮긴이)와 사인방이 남긴 후유증을 어떻게 치료할지를 토론할 것이다. 그들은 베오그라드를 이야기하고 도쿄와 싱가포르를 이야기한다. 저녁을 먹은 뒤에는 새우맛 과자와 땅콩을 사오고 맥주를 시켜 더위를 쫓아가며 이야기의 흥을 돋울 것이다. 그런데 지금 그는 영문도 모른 채 오랫동안 버스를 타고 영문도 모르는 주소를 들고 영문도 모르는 사람을 찾아 영문도 모르는 일을 해야 한다. 실은, 그가 영문도 모르는 일은 아니다. 평범한 일이고 의당 해야 할 일이다. 단지 그에게 어울리지 않을 뿐이다. 그에게 이런 일을 맡기느니 무대에 올라가 「백조의 호수」의 왕자역을 맡아 발레를 추라고 하는 것이 나을 것이다. 그는 다리를 약간 전다. 물론 유심히 보지 않으면 모른다. 문화대혁명 때 모든 것을 비판하고 타도하자고 운동을 벌일 때 입은 조그만 기념이다.

속이 불편했고, 그런 메스꺼운 느낌이 20여 년 전 그가 이 대도시를 떠날 때를 떠올리게 했다. 그때 그 느낌은 무리에서 유리된 데서 오는 슬픔이었다. 그는 최근 소설 몇 편을 발표했다. 예전 같으면 도가 지나치다는 평가를 받았을 것이다. 그런데 지금은 너무 약하다는 평가를 받는다. 극과 극의 평가 사이에서 그는 오랫동안 그네를 탔다. 참으로 위험한 놀이였다.

사람들이 가르쳐준 게 맞다면 그가 찾는 곳은 여기서 그리 멀지 않은 곳이다. 고집스럽게 일부러 공사 중인 곳을 통해 올라간다. 무슨 관을 매설하는 것 같다. 아니 관만이 아니라 벽돌도 있고 목재도 있고 시멘트도 있는 것을 보니 두 칸짜리 집을 지으려나 보다. 식당일 수도 있고, 공중화장실일 수도 있겠다. 어쨌거나 이렇게 넓은 도랑은 그가 건너기 어려울 성싶다. 문화대혁명 때 비판을 받으면서 고초를 당해 발을 다치지 않았다면 문제없겠지만 지금은 밟고 건널 것을 찾아야 한다. 다리를 만들 목판을 하나 찾느라 도랑을 따라 오

르락내리락하는데 조바심이 났다. 판자때기라고는 도무지
보이지 않는다. 괜히 헛걸음만 했다. 멀리 돌아갈 것인가, 건
너뛸 것인가? 늙은 것을 인정하기 싫어 뒤로 몇 걸음 물러났
다가 하나, 둘, 셋! 뛰었다. 앗! 한 발이 모래에 빠졌다. 하지
만 이미 뛰어올랐으니 내처 솟구쳐 오르지 않으면 도랑에 떨
어진다. 다행히도 도랑 밑에 딱딱하거나 날카로운 것은 없었
다. 10분 정도 지나서야 통증과 공포 속에서 깨어났다. 그는
웃었다. 몸에 묻은 흙을 툭툭 털고는 절룩거리며 기어오른
다. 겨우 기어올라 왔더니 이번에는 빗물이 고인 웅덩이에
빠져버렸다. 신발과 양말이 다 젖었다. 발에 이물감이 느껴
진다. 돌이 섞인 밥을 씹을 때의 느낌이다. 그는 고개를 들고
아파트 옆 장대에 덩그러니 삐뚤어지게 걸린, 오렌지빛 불빛
을 내고 있는 꼬마 전등을 본다. 전구들이 커다란 까만 칠판
에 조그만 물음표를 찍고 있는 것 같다. 아니면 느낌표인가.
　그는 그 물음표인지 느낌표인지를 향해 다가갔다. 창문 밖
으로 새어나오는 안타까운 탄식에 호각 소리가 섞여 있다.
외국팀이 또 한 골을 넣었나 보다. 아파트 동 입구에 다가가
동 입구 위쪽에 씌인 글자를 자세히 들여다보고는 여기가 바
로 그가 찾는 곳이라고 단정한다. 그래도 마음이 놓이지 않
아 아파트 입구에서 지나가는 사람에게 다시 한 번 묻는다.
무척 부끄럽다.
　그가 이곳으로 떠나오려고 할 때 그 멀고 외진 곳에 사는

그와 친한 사람이자 그가 존경하는 한 지도자 동지가 이 사람을 좀 찾아가달라고 하면서 편지 한 통을 건넸다. 대도시에 가면 무슨 회사의 책임자를 만나라는 것이었다. "내 옛날 전우야." 천따이와 친한 그 지도자 동지가 말했다. "내가 편지에 썼어, 우리 기관에서 가지고 있는 유일한 상하이제 소형 승용차가 고장이 났는데, 우리 관리 직원과 운전사가 사방으로 뛰었는데도 글쎄, 우리 성에서는 고치지 못한다는 거야. 중요한 부품 몇 개가 없어서. 그런데 내 옛날 전우가 자동차 부품 조달 업무를 담당하고 있거든. 전에 내게 약속했어. 자동차 고칠 일 있으면 자기한테 말하라고. 자네가 그 사람을 한번 찾아가보고, 선이 닿으면 전보로 알려주게……."

이런 평범하기 그지없는 일이었다. 옛 전우로, 지금 높은 자리에 있는 지도자 동지를 찾아서, 또 다른 권력자이자 근무지에서 신망을 받고 있는 지도자 동지를 위해 그가 있는 기관의 국가 소유 자동차 수리를 부탁하는 일이다. 이 친한 사람의 부탁을 거절할 이유가 없었다. 양의 다리의 중요성을 알고 있는 천따이로서는 편지를 들고 그 사람을 응당 찾아가야 한다고 생각했다. 마침 그 대도시에 일이 있어서 가는 김에 당연히 해야 할 의무라고 생각했다. 하지만 이 임무를 막상 받아들이자 발에 맞지 않은 신발을 신은 듯한 느낌이었고, 바지를 입은 뒤에야 바지 양쪽의 색이 다르다는 것을 발견한 것 같기도 했다.

조그만 외진 시골에 있는 그 지도자는 그런 그의 마음을 이미 꿰뚫어본 것 같았다. 이 도시에 도착한 지 얼마 되지 않아서 시골에서 전보를 보내 서둘러 결과를 얻어내라고 재촉을 한 것이다. 어쨌거나 이 일은 나 자신을 위한 일도 아니고, 나는 그 상하이제 소형 승용차를 타본 적도 없고, 앞으로도 그럴 것이다. 그는 스스로를 격려하면서 가로등이 물처럼 흐르는 큰길을 건너고 무대처럼 환한 종착역과 열정적인 승객들을 떠나서 모퉁이를 돌고 돌아, 도랑에 떨어졌다가 기어나와 온몸에 흙을 뒤집어쓰고 흙투성이가 된 발로 여기에 온 것이다.

마침내 두 아이들의 입을 통해 동 호수와 입구 번호가 맞다는 것을 확인하고, 빠른 걸음으로 4층까지 걸어 올라갔다. 문의 호수를 확인하고는 먼저 마음을 가라앉히고 숨을 고른 뒤 최대한 부드럽고 교양 있게, 그러면서도 안에서 들릴 만큼 충분히 세게 문을 두드린다.

인기척이 없다. 하지만 안에서 무슨 소리가 들렸다. 그는 문에 귀를 바짝 가져다댔다. 음악 소리 같았다. "아, 집에 없구나"하는 실망스러우면서도 한편으로는 잘됐다 싶은 마음이 순간적으로 드는 것을 털어버리고, 더 세게 문을 두드렸다.

문을 세 번 두드리고서야 발걸음 소리가 들려왔다. 자물쇠 따는 소리가 났고, 문이 열렸다. 더벅머리의 나이 어린 청년이었다. 웃통도 벗고 허벅지까지 내놓은 채였고, 하얀 러닝과 슬리퍼만 걸친 차림이었다. 그의 근육과 피부가 빛을 내고 있었다. "누구 찾으세요?" 그가 물었다. 짜증스러움이 잔뜩 묻어났다.

"난 ○○○ 동지를 찾는데……" 천따이는 봉투에 적힌 이름을 말했다. "안 계시는데요." 어린 녀석이 몸을 돌려 문을 닫으려 했다. 천따이가 한 발 다가서며 이 대도시에서 사용하는 가장 표준적인 발음으로 최상의 예의를 갖추어 자기를 소개했다. 그런 뒤 "○○○ 동지 가족되시나요?(○○○의 아들인 듯했고, 사실 이런 어린 사람에게 깍듯한 존칭을 사용할 필요는 없었다) 제가 말씀드리는 것을 ○○○ 동지에게 좀 전해줄 수 있을지요?"

어두워서 젊은 사람의 표정은 볼 수 없었지만 직감적으로 그가 인상을 찌푸리고 있다는 것을 느낄 수 있었다. 잠시 머뭇거리더니 "들어오세요" 하면서 몸을 돌려 안으로 들어갔다. 손님을 안내하지도 않은 채로. 치과에 이 뽑으러 간 환자를 대하는 간호사 같은 태도다.

천따이는 그를 따라갔다. 청년의 발걸음 소리가 퉁, 퉁, 퉁 울렸다. 천따이의 발걸음은 슥, 슥, 슥 소리를 냈다. 어두운 통로를 지났다. 왼쪽으로 문이 하나 있고, 오른쪽으로도 문이 하나 있었는데, 여러 개의 문을 지났다. 집 안에 이렇게 많은 문이 있을 수 있구나. 문 하나가 열려 있고, 부드러운 불빛과 감미로운 노랫소리, 달콤한 술 냄새가 끼쳐왔다.

철제 침대에 살구빛 실크 이불이 개켜지지 않은 채 한쪽에 쌓여 있다. 뒤집어놓은 만두 같다. 스탠드와 금속 받침대가 내는 빛이 사람을 범접하지 못하도록 밀어내고 있었다. 침대장의 문이 반쯤 열려 있고, 문가에 구슬이 삐져나와 있었다. 예전에 천따이가 사는 조그맣고 외진 시골 마을에서 그에게 그런 구슬을 사다달라고 부탁하는 사람이 여럿 있었지만 구하지를 못했다. 아직 그곳에서는 이처럼 크고 높은 옷장이 유행하고 있지 않다. 다시 눈길을 돌리자 등나무 의자와 침대 의자, 원탁이 보인다. 원탁의 테이블보는 문화대혁명 때 유행하였던 혁명 연극 『홍등기(紅燈記)』에서 지우산의 거실에 있던 것이다. 스피커가 네 개 달린 녹음기는 수입품이다. 홍콩 가수의 노래다. 소리는 부드럽지만 발음이 딱딱하다. 가는 목소리의 노래가 매끄럽다. 듣고 있자니 웃음이 난다. 이 녹음기를 그가 사는 시골에 가져다 틀어주면 기마부대가 침략해온 것보다 더 무서워할 것이다. 천따이의 눈에 익고 친근하게 느껴지는 것이라고는 침대 탁자 위에 놓여 있는 반쯤 물이 채워진 유리잔뿐이었다. 이 유리잔을 보니 타향의 낯선 사람들 속에서 아는 사람을 만난 것 같다. 그리 친하지 않던 사람이거나 평소 앙금이 서로 쌓여 있던 사이라도 이런 경우에는 친한 친구로 변하기 마련이다.

천따이는 문 앞에 있는 망가진 의자를 당겨서 앉았다. 몸이 더럽다. 그는 자기가 온 목적을 말하기 시작했고, 한두 마디 하다가 다시 멈추고는 젊은이가 카세트 소리를 좀 줄여주기를 기다렸다. 기다려도 소리를 줄일 의사가 없다는 것을 확인하고는 그대로 이야기를 해나갔다. 이상했다. 천따이가 원래 말을 못하는 사람이 아닌데 지금은 입술을 도둑맞기라도 한 듯이 말을 더듬거렸고 앞말과 뒷말이 이어지지 않고 얼토당토않은 단어를 쓰기도 했다. 원래 "○○○ 동지가 좀 다리를 놓아주셨으면 합니다"라고 말해야 할 것을 "앞으로 많이 보살펴주셨으면 합니다"라고 말한 것이다. 이 젊은이에게 보조금이라도 신청하러 온 것 같았다. 원래는 "내가 먼저 연락하겠습니다"라고 말할 것을 "제가 연락드리겠습니다"라고 말했다. 말하는 목소리도 변하여 자기 목소리가 아니라 무딘 톱으로 느릅나무를 자르는 소리가 났다.

말을 마치고 편지를 꺼냈다. 젊은이는 침대 의자에 삐딱하게 앉아 꿈쩍도 하지 않았다. 나이로 보자면 배는 더 먹었을 것 같은 천따이가 어쩔 수 없이 걸어가서 그 지도자 동지의 편지를 건네주었다. 그러면서 지겨움과 어리석음으로 가득 찬 거만한 젊은이의 얼굴을 똑바로 보았다. 얼굴이 온통 여드름투성이였다.

젊은이는 봉투를 뜯어 한 번 쓱 보더니 아주 경멸스럽게 웃었다. 왼쪽 다리는 노랫소리를 따라 박자를 맞추고 있었다. 카세트와 홍콩 가수의 노랫소리는 천따이에게는 전혀 새로운 것이었다. 이런 창법을 싫어하거나 반대하는 것은 아니지만 이런 창법이 그리 재미있다고 생각하지는 않는다. 그의 얼굴에 경멸의 웃음이 스쳤다. 자신도 모르게.

"이 △△△(그가 사는 시골의 그 지도자 동지를 말한다)이, 우리 아빠의 전우인가요? (지금까지도 이 젊은이는 자기 소개를 하지 않았기 때문에 이치로 보면 그의 아버지가 누구인지 입증할 방법이 없다) 그런데 왜 지금껏 우리 아빠가 이야기하는 것을 한 번도 들어보지 못했지요?"

이 말이 천따이에게 굴욕감을 안겨주었다. "아마 어려서 아버지가 말하지 않았……" 천따이는 더 이상 예의를 차리지 않고 되갚아주었다. "우리 아빠가 말을 하긴 했어요. 아빠를 찾아와서 차 수리를 부탁하는 사람들은 다들 아빠의 전우라고 말한다고요!"

천따이의 얼굴이 붉어졌다. 심장이 두근거리고 이마에 땀방울이 솟았다. "자네 아버지가 ○○○(그가 사는 시골의 최고 위층)을 모른단 말인가? 그는 1936년부터 옌안으로 갔고 작년에는 당 기관지인 『홍치(紅旗)』에 글을 발표하기도 했는데…… 그 사람 형은 ○○사단 사령관이고."

천따이는 다급하게 권력 관계를 내세우는 말을 했다. 특히 그가 그 유명한 사람과 군사령관을 거론할 때는 갑자기 두 눈이 핑 하고 현기증이 돌고 등에 땀이 배었다.

젊은이는 아까보다 스무 배는 더 경멸스런 웃음을 지었고 웃음소리까지 터뜨렸다.

천따이는 몸 둘 곳을 몰라 고개를 떨구었다.

"이렇게 하지요." 젊은이가 일어섰다. 결말을 지을 태세였다. "지금은 어떤 일을 처리하건 두 가지 방법이 있습니다. 하나는 뭔가가 있어야 합니다. 당신들은 무엇을 내놓을 수 있지요?"

"우리, 우리에게 뭐가 있나?" 천따이는 스스로에게 물었다. "우리에게는…… 양의 다리가……" 그는 중얼거렸다. "양의 다리는 안 됩니다." 어린 녀석이 다시 웃었다. 경멸이 지나가고 연민으로 변했다. "다른 한 가지 방법은 솔직히 말해 높은 사람들의 이름을 파는 것입니다. ……굳이 우리 아빠를 찾을 필요가 있나요? 당신들이 가진 것도 있고 일을 깔끔하게 처리할 수 있는 사람도 있다면 그냥 높은 사람의 이름을 팔아 처리하면 돼요." 그런 뒤 그는 한 마디를 보탰다. "우리 아빠는 베이따이허(중국공산당 최고 간부들의 휴양지― 옮긴이)로 출장 갔어요……" 그는 요양하러 갔다고는 말하지 않았다. 천따이는 머리가 어지러웠다. 문 앞까지 와서는 갑자기 걸음을 멈추었다. 문득 귀를 세우고 카세트에서 나오는 진정한 음악을 들었다. 헝가리 작곡가의 「무도회 춤곡」이었다. 나뭇잎들이 흩날린다. 삼면이 눈 덮인 산으로 둘러싸인 고산 호수의 파란 수면 위로 흩날린다. 그들이 살고 있는 조그맣고 외딴 시골은 고산 호수의 저편에 있었다. 한 마리 백조가 호수면 위에서 쉬고 있다.

어두컴컴한 복도. 천따이는 술에 취한 사람처럼 이리저리 부딪치면서 내려갔다. 쿵쿵쿵쿵, 그의 발걸음 소리인지 북처럼 뛰는 심장 소리인지 모르겠다. 입구를 나와 고개를 들었다. 아, 그 조그만 물음표 같기도 하고 느낌표 같기도 한 등불이 갑자기 붉어졌다. 마귀의 눈처럼.

무서운 눈이었다. 까마귀도 쥐로 변하게 할 수 있고, 말도 벌레로 변하게 할 수 있을 것 같은 눈. 천따이는 뛰었고, 조금의 힘도 들이지 않고 도랑을 훌쩍 뛰어 건넜다. 축구 시합이 끝나고 아나운서가 부드럽고 자상한 목소리로 내일 일기예보를 하고 있다. 그는 버스 종점이자 출발지인 곳까지 나는 듯이 달렸다. 차를 기다리는 사람들이 여전히 많다. 젊은 여공들이 야간 근무를 위해 공장에 가는 모양이다. 그들은 작업장에서 새로 도입된 포상 제도에 대해 이러쿵저러쿵 이야기를 나누었다. 청춘 남녀 한 쌍은 차를 기다리면서도 서로 손을 꼭 잡고 허리를 껴안고 있다. 옛날 같으면 기절할 노릇이다. 천따이는 차를 타고 문 옆에 섰다. 이번 안내양은 젊지 않다. 몸은 호리호리하고, 셔츠 밖으로는 그녀의 불거지고 딱딱한 어깨뼈가 드러날 것 같았다. 20년 동안 고난의 세월을 보내고 20년 동안 자기 개조를 하는 동안에, 천따이는 많은 소중한 것들을 배웠지만 결코 잃지 말아야 할 것들도 잃었다. 그러나 그는 여전히 등불을 사랑하고, 야간 작업을 사랑하는 노동자들을 사랑하고, 민주를 사랑하고, 성과에 따라 포상을 하는 새로운 제도와 양의 다리를 사랑한다. 벨이 울렸다. '탁' 소리가 나고 다시 또 다른 소리가 났다. 세 개의 문이 따로 닫혔다. 나무 그림자와 가로등 그림자가 뒤로 밀려났다. "표 없는 사람 있어요?" 안내양이 소리쳤고, 천따이가 잔돈을 꺼내기도 전에 '탁' 하는 소리와 함께 출입문에 달린 등을 껐다. 안내양은 차에 탄 사람들이 다 정기권을 가지고 있는 야간 작업을 나가는 노동자들이라고 생각한 것이다.

나비

나비蝴蝶

베이징 지프차가 시골길을 날 듯이 달린다. 기우뚱기우뚱
흔들리는 차의 내부는 정신이 흐릿해질 정도로 후텁지근하
다. 윙윙거리는 엔진 소리는 잦아들기와 고조되기를 반복하
며 신음처럼 이어지고 있다. 고통과 눈물로 범벅된 신음인가
아니면 행복과 만족에 겨운 신음인가? 사람은 즐거울 때도
신음 소리를 내곤 한다. 1956년 그가 머지않아 네 살이 되는
똥똥(冬冬)을 데리고 아이스크림 가게에 갔을 때, 똥똥은 향
기롭고 달콤하며 시원하고 영양 많은 아이스바를 한 입 베어
물고서 기쁨에 겨워 신음 소리를 내지 않았던가? 그 모습은
난생처음으로 쥐를 잡은 어린 고양이를 떠올리게 했다. 쥐를
잡은 아기 고양이도 그 기쁨에 이처럼 낑낑거리지 않을까?

차의 속도가 점점 빨라진다. 산들이 하나씩 하나씩 내동댕이쳐지듯 물러난다. 마을이며 집들, 아무도 시키지 않았는데도 한 줄로 늘어서서 손을 흔들어주는 갖가지 옷차림의 여자아이들, 장난기와 적의로 가득 찬 눈빛으로 차를 향해 돌을 던지는 남자아이들, 웃는 건지 우는 건지 알 수 없는 표정으로 멍하니 바라보는 농민들, 담장 위로 불쑥 솟아 있는 풀더미, 나무, 밭, 연못, 도로, 구릉과 움푹 파인 구덩이, 진흙으로 지붕을 가지런히 봉해놓은 탈곡장, 그리고 가축들, 타이어를 단 마차, 경운기와 거기에 달린 짐통 등이 눈앞을 스쳐지나간다. 반들반들한 콜타르 길바닥과 여름 산사태로 상처를 입어 알몸을 그대로 드러내놓고 있는 자갈길, 그리고 그길 위의 흙먼지와, 게으른 마부가 똥받이를 대지 않아 땅에 떨어져 말라붙어 있던 말똥들이 그와 그가 타고 있는 지프차를 향해 달려든다. 이것들은 갈수록 빠른 속도로 달려들다가 차가 휙 하고 지나가면 그 뒤꽁무니를 향해 튀어오른다. 계기판이 차의 속도가 시속 60킬로미터를 초과했음을 알린다. 자동차의 바퀴는 성난 듯, 위엄을 뽐내듯, 잘난 체하듯 계속 윙윙거리는 소리를 토해낸다. 차바퀴가 땅과 마찰할 때, 사사삭 하는 빠르고 경쾌한 소리가 난다. 이 소리는 청춘의 소리이다. 이 소리는 젊은이들이 스케이트장에서 얼음을 지치거나, 베이하이(北海)에서 배를 타거나, 새벽에 조깅을 할 때 나는 소리이다. 그때 그 젊은이는 조깅할 때 위아래 바다색의 내복 차림이었다. 이 빌어먹을 놈의 차는 어째서 그와 지면(地面)을, 그와 바깥 공기를 가로막는가? 이 바깥 공기는 티끌만큼의 더러움도 거부한 순결하고 신선한 것이며, 모든 이에게 공평하게 또 풍성하게 제공되는 것이다. 그러나 차를 타는 것은 역시 편안하다. 자동차는 무엇보다도 시간을 절약해준다. 베이징에서 보통 자동차의 뒷좌석은 높은 사람의 차지이며, 비서, 경호원 혹은 통역사는 운전사의 옆 좌석에 앉는다. 그들은 수시로 차 문을 열고 뛰어나가 상대방의 비서 또는 경호원, 통역사와 일 처리를 해야 하지만, 그들의 상사(上司)인 그는 뒷자리에서 꼼짝 않고 앉아 있기만 하면 된다. 심지어 그는 일 처리가 마무리되어 비서 혹은 그 외의 사람이 차 문을 열고 몸을 굽혀 고개를 디밀고서 상황을 보고할 때에 거드름을 피우며 무표정한 모습으로 피곤한 듯, 아무런 관심도 없는 듯이 행동하기도 한다. 어느 때는 '하하하' 하고 웃기도 하지만, 대부분 비서가 두어 마디 이야기하는 것을 듣고 있다가 조금씩 머리를 끄덕이거나 가로저으면서 '음~' 또는 '흥!' 하는 소리를 낼 뿐이다. 이렇게 해야 더 상사답다. 그러나 일부러 꾸미지 않더라도 그는 정말 너무나 바쁘다. 그래서 차를 타고 있을 때에야 비로소 조금이나마 해방감을 느낄 수 있고, 자기 자신을 돌아볼 수 있다. 그리하여 그는 사사로운 일에는 질문을 던지거나 조바심을 치거나 직접 나서거나 입을 열지 않는다는 원칙을 세워두었다.

저게 뭐지? 갑자기, 거의 감겨 있던 눈꺼풀이 번쩍 뜨였다. 갈라진 노면 틈으로 고개를 내민 작고 흰 꽃이 부들부들 떨고 있는 모습이 눈앞에 나타났다. 저게 웬 꽃이지? 초겨울, 그것도 자동차 바퀴들이 수천 수만 번 지나쳐 다니는 포장도로의 갈라진 틈에서 피어나다니? 혹시 환시였을까? 다시 확인하려 했을 때, 꽃은 차바퀴 아래로 빨려 들어가고 말았다. 흰 꽃이 짓이겨지는 모습이 눈앞에 아른거렸다. 아픔이 느껴졌다. 짓이겨지는 순간 흰 꽃이 토해내는 탄식이 들리는 듯하였다. 아, 하이윈(海雲), 당신도 이렇게 짓이겨져 버렸지 않았던가? 사랑 때문에, 한(恨) 때문에, 행복과 실망 때문에 떨어야 했던, 아이처럼 순진하고 가냘펐던 당신! 그러나 나는 여전히 차 속에 앉아 있다.

그는 천천히 차에 올라 산골 마을의 관례대로 운전사의 옆 좌석에 앉았다. 이제 그는 어디에서나 가장 높은 자리에 앉지만, 그것이 10여 년 전처럼 그렇게 편안하지는 않았다. 산촌을 떠날 때 치우원(秋文)과 그곳 사람들은 차를 에워싸고서 그를 배웅했다. 솬푸(拴福) 형님은 웃음을 머금고 수염을 쓰다듬으며 말했다. "장씨, 다음에 또 오게나!" 솬푸 형수님은 손차양을 만들어 눈썹 위에 올려놓고서, 눈물을 머금은 정겨운 눈빛으로 그를 바라보았다. 사실, 햇살이 눈을 찌르는 정도는 아니었다. 그녀의 손 모양은 단지 눈길을 한곳에 모으고 있음을 말해줄 뿐이었다. 고초를 수없이 겪어 이제는 마치 세상의 모든 아픔을 다 꿰뚫어 보는 듯한 치우원의 눈 속에서 그는 예전에는 본 적이 없었던, 기대와 염원의 빛을 볼 수 있었다. 그들의 이별은 무거웠고 한편으로는 가벼웠다. 이렇게 그들은 치우원이 말한 것처럼, 더욱 용감히 각자의 길을 걷게 되었다. 길, 각양각색의 길들을! 지무(吉姆, 승용차의 상표 이름—옮긴이) 승용차를 타고 가로등이 환히 밝혀진, 양편에 고층 건물이 줄지어 서 있는 대도시의 큰길을 지나가는 장쓰위엔(張思遠) 부부장(副部長)과, 등허리를 굽혀 바구니 가득 양똥을 짊어지고 입을 악문 채로 산속의 좁고 구불구불한 길을 걸어가는 '장씨'는 같은 사람이란 말인가? 장씨였던 그가 갑자기 장부부장으로 변한 것인가? 아니면 장부부장이었던 그가 갑자기 장씨로 변했던 것인가? 정말 재미있는 일이다. 혹시 그는 장부부장도 아니고 장씨도 아닌, 그저 장쓰위엔일 뿐인가? 장부부장과 장씨를 빼면 장쓰위엔이라는 세 글자에는 무엇이 남을까? 장부부장과 장씨, 이 둘의 의미 차이는 얼마나 큰 걸까? 모든 것을 결정지을 수 있는 정도일까? 아니면 무의미하고 하찮은 것일까?

치우원은 말했다. "잘 하시길 바래요. 우리들은 당신 같은 간부를 지지할 것입니다. 우리들은 당신 같은 간부가 필요하고, 당신 같은 간부에게 기대를 겁니다. ……당신이 마음속에 우리를 담아둔다면, 당신의 마음 속에는 그 안에 있어야 할 모든 게 다 들어 있는 거예요." 엷은 미소를 지으며 말하는 그녀의 목소리에는 조금의 비감도 없었다. 그녀의 말은 평온하고 조용하며 따뜻했지만 힘이 있었다. 그 순간 그녀는 장쓰위엔의 누님이라도 된 것 같았다. 그녀는 마치 어렵게 만든 연을 날리지 못하여 징징대는 어린 동생을 달래는 것 같았다. 하지만 그녀는 장쓰위엔보다 몇 살이나 어리다! 장쓰위엔은 이미 예순 살을 바라보는 나이였다. 예순 살을 바라보는 사람도 그들의 범주에서는 아직 '큰일을 할 수 있는 젊은이'로 통한다. 유구한 역사를 가진 중국과 중화(中華)! 요즘 젊은이의 연령 상한은 간 기능 검사의 양성 반응과 같이 엄청나게 높아졌다. 옛날에는 간 기능 검사시 양성 반응 수치가 120이면 간염 판정을 받았다. 그러나 지금은 200이 되어도 병가(病暇)를 내주지 않는다!

그는 산촌에 혼(魂)을 남겨두고 떠나는 것 같았다. 그는 '장씨'를 그 산촌에다 남겨두고 왔다. 그는 치우원을, 넓게 말해서 똥똥까지도 그곳에 남겨두었다. 돌집과 다섯 갈래로 갈라진 두엄 치는 쇠스랑, 등 지게와 괭이, 밀짚모자와 석유 등, 느릅나무 잎과 토란을 섞어 지은 밥과 담뱃대…… 이 모든 것을 남겨두고 떠났다. 치우원과 똥똥은 이 젊은 노인네를 비춰주는 빛이었다. 치우원은 그를 비추는 한없이 아름다운 석양이었다. 그는 이 석양을 호두나무 가득한 그곳 운하산(雲霞山)에 남겨두고 떠났다. 석양이 그에게 손을 흔들면서 저 멀리로 사라졌다. 내딛는 발걸음마다 한 걸음씩 바퀴

가 돌아가는 속도 만큼이나 멀어지네(궈모뤄[郭沫若]의 역사
극에 나오는 시구—옮긴이), 문희(文姬)는 한(漢)나라로 돌
아올 때 이렇게 노래했다. 그러나 베이징 지프차는 빠르게
서로를 멀어지게 한다. 똥똥은? 똥똥은 언제쯤 그를 이해할
수 있을까? 똥똥은 언제쯤 그의 곁으로 돌아올 수 있을까?
똥똥의 엄마—하이윈, 떨다 짓이겨져버린 그 작고 흰 꽃 때
문이라면 이 모든 응보(應報)는 너무나 당연하다. 그러나 그
가 아무리 손을 잡아 이끌려 하여도, 똥똥은 멀리 하늘 위로
떠오르려 하지 않는 작은 별처럼 지평선 위에서만 반짝일 뿐
뿐이다. 이 별도 언젠가는 그를 비출 것이다. 그는 잘 알고
있다, 윗세대가 아랫세대에게 쏟아 붓는 지나친 관심과 과도
한 가르침, 그리고 그들에게 제공하는 분에 넘치도록 훌륭한
조건과 그들을 보호하기 위해 그들에게 테두리를 정해주는
일체의 노력들이 헛수고일 뿐만 아니라 때로는 그들에게 해
를 끼칠 수 있다는 분명한 사실을. 그러나 그는 여전히 똥똥,
성(姓)조차 그의 성을 따르려 하지 않는 자신의 유일한 피붙
이의 행복을 기원한다. 똥똥의 사상은 너무 편향되고 너무
위태로웠다. 비록 청년들에게 편향되지 말라고 요구하는 것
이 청년에게 청년이기를 포기하기를 요구하는 것과 마찬가
지라는 것을 그가 모르는 바가 아니고, 또 이 세대의 청년들
이 혼란스럽고 어지러운 시대에 성장하여 수없이 기만당하
고 수많은 회의와 분노를 경험했음을 인정한다 할지라도, 그

러나 똥똥은 너무 심했다. 그는 자신의 아들이 역사를 이해하기를, 현실을 이해하기를, 중국과 중국 인구의 절대 다수를 차지하고 있는 농민을 이해하기를 바란다. 그는 아들이 잘못된 길로 들어서지 않기를 바란다. 그는 아들의 편벽(偏僻)됨을 어느 정도는 용납할 수 있지만, 그것이 저 자신은 물론이고 타인과 나라까지 해치고 파괴하는 것은 원치 않는다.

날이 개었다. 밝은 석양빛에 눈이 부셨다. 그는 차 안의 갈색 차광판을 내렸다. 차광판을 통해서 해질녘의 시골이 눈에 들어온다. 그러나 그의 몸에는 햇빛이 비치고 있다. 웃옷과 무릎 덮개 위를 비추는 햇빛이 만화경처럼 변하고 있다. 길가에 늘어서 있는 나뭇가지들이 석양빛을 조각 내어 그의 몸통에 쉴 새 없이 쏟아 붓는다. 이는 그가 달리는 차에 타고 있다는 사실을 거듭 확인시킨다. 그는 순간순간 쉴 새 없이 변하는 빛의 그물 속에 몸을 담근 채, 차츰 편안함과 만족감에 젖어들었다. 웅웅, 윙윙, 사사삭 하는 소리를 따라, 계기판에서 회전하는 빨간색 바늘과 좌우로 흔들리는 검은색 바늘을 따라, 그는 점점 산촌에서 멀어져 베이징으로 다가가고 있었으며, 장씨에게서 멀어져 점점 장부부장에 가까워지고 있었다. 사업으로 바쁜 와중이었지만 그는 10여 일의 휴가를 냈다. 그는 심지어 부장에게 자신의 생활 문제를 해결하기 위해 아내될 사람을 데리러 가는 것이라고 보고했다. 애정 문제를 거론할 때, 생활 문제를 해결한다거나 개인 문제를

74

해결한다고 말해야 명분을 얻고 정당성을 인정받을 수 있다. 만약 그가 마음속의 연인을 보러 가야겠다고 말했다면, 사람들이 곧바로 '작풍(作風)이 불량하다'거나, 감정이 건강하지 못하다거나 '수정주의'에 경도되어 있다고 평가했을 것이다. 사랑을 '문제,' 그리고 결혼을 문제의 '해결'이라고 말하는 것은 정말이지 조국의 언어에 대한 왜곡이자 인간의 감정에 대한 모욕이다. 그러나 역시 유행을 따를 수밖에 없었다. 그는 이런 박절하고 생경한 말을 동원하여 휴가를 신청했다. 사업의 책임에서 벗어나, 긴장의 연속에서 빠져나올 수 있었다. 하지만 이 때문에 몹시 불안했다. 본래 자기의 자리이며, 이미 습관이 되어 자신에게 딱 맞고 편안한 사무실과 집을 떠난다는 것은 그리 유쾌한 일은 아니었다. 나이는 들었어도 설레임은 어쩔 수 없는 법인가 보다. 설레임에 숨이 찰 지경이었다. 그는 조용히 여행길에 올랐다. 딱딱한 침대가 놓인 삼등 열차를 탔고 장거리 버스를 이용했다. 밤에는 큰 방 하나에서 42명이나 되는 사람들과 함께 잤다. 담배 연기, 땀냄새, 악취가 진동했다. 40와트짜리 형광등 6개가 밤새도록 켜져 있었다. 그는 자신과 같은 지도급 간부들에게 배정되는 전용차를 타고 다닌다. 이렇게 좌석이 부드럽고 편안한 차를 타면 백미러에 비친 그의 모습도 방금 목욕을 끝내고 기름을 바른 듯, 그리고 시원한 바람을 쐰 듯 산뜻해 보인다. 이런 차에 타고 있을 때 그는 밀과 우유, 계란과 설탕의 달콤함과 고소함을 풍기는 노릇노릇하게 막 구워낸 빵처럼 매끈해 보인다. 또 차에서 내려 고급 간부 전용 호텔에 들어가면, 벌이 꽃을 찾아 들판을 날 때처럼 고요한 소리를 내며 작동되는 새 냉난방기, 눈처럼 깨끗한 욕조, 작고 편리한 전기 가열식 샤워기 들이 비치되어 있다. 그러나 이런 것들은 그와 썩 잘 어울리지는 않는다. 이것들은 결코 그 자신의 결정에 의해 비치된 것이 아니다. 그에게는 머나먼 곳의 그 산촌이 더 잘 어울린다. 그는 거기에서 치우원을 만났고 뚱뚱을 만났으며, 아직 사라지지 않고 있었던 장씨를 되찾았고, 불행 속에서도 농민들에게 신뢰받고 보살핌을 받는 행운을 경험했던 것이다. 지금 그는 그곳을 떠나왔다. 고급 호텔에서 하룻밤을 지내고 4시간 동안을 비행했다. 그의 지무 승용차가 대기하고 있었다. 비서가 비행장에 나와서 그를 영접했다. 이것이 그에게 부부장이라는 자신의 신분을 상기시켜주었다. 번화한 길거리, 흰 눈으로 뒤덮인 고속도로, 또 붉게 빛나는 가로등. 사람과 차량이 한꺼번에 몰려서 사거리가 혼잡했다. 사거리를 지나고 두 차례 모퉁이를 돈 후, 차는 속도를 늦추고 정지했다. 악수를 하고 인사를 나누었다. 운전사에게 가서 쉬라고 했지만 운전사는 이를 사양했다. 그가 들고 있던 그리 많지 않은 물건들을 비서가 빼앗듯이 받아 들었다. 밝은 엘리베이터 안에서 파마 머리를 한 여직원이 인사를 했다. 그는 미소 띤 얼굴로 그를 맞는 낯익은 직원들 곁으로 돌아왔다.

열쇠를 자물통에 꽂아놓았다. 열쇠를 비서에게 건네지 않고 손수 문을 열었다. 그는 작은 일에 다른 사람들을 수고롭게 하는 것을 탐탁지 않게 생각했다. 문이 열리고 불이 켜졌다. 세라믹 소재로 된 벽과 바닥은 청소원이 매일 쓸고 닦았는지 여전히 먼지 하나 없이 깨끗하다. 돌아왔다. 소파에 앉았다.

하이윈 海雲

어제 막 일어났던 일이던가? 하이윈의 음성이 아직까지 귓가에 들리고 있지 않은가? 그녀의 목소리는 아직도 공기 속에서 울리고 있지 않은가? 무(無)가 아니라면 아무리 작은 것이라도 여전히 존재하는 것이다! 그녀의 선명하고 빼어난 실루엣과 광채는 지금 우주의 어느 한 구석을 떠돌고 있겠지? 그녀는 정말로 사라져버린 것일까? 지금 우주의 머나먼 한쪽 구석에서 혹시라도 그녀를 볼 수 있지는 않을까? 항성계의 별들이 발산하는 빛이 사람들에게 포착되기까지 수백 년의 시간이 걸린다는데, 그렇다면 그녀의 빛은? 그녀 자신보다 더 오래도록 존재하고 있지 않을까?

그러나 이제 아주 먼 옛일, 옛 시절에 일어난 일이 되어버렸다. 나이가 들어서 그렇겠지. 30년대, 40년대, 50년대의 일들이 아득한 옛일같다. 100년 후, 200년 후, 300년 후에, 하이원 혹은 하이원과 비슷한 고초를 겪은 사람들을 기억해낼 수 있는 사람이 있을까? 그렇듯 달콤하면서도 쓰라리며, 가슴 저리면서도 뜨겁던 그의 옛 추억이 500년쯤 후 행복하고 공명정대한 사회(그러나 그 사회가 반드시 천국은 아닐 것이다)에 사는 젊은이의 가슴 속에 흐릿하게나마 떠오를 수 있을 것인가?

옛 시절, 옛 시절이라, 그와 하이원은 아주 옛날에 만났던가? 해방구의 하늘은 밝은 하늘, 잘 싸웠네 훌륭하게 훌륭하게, 잘 싸웠네 신이 나게 신이 나게, 청년들아 열정을 품고 마오쩌둥(毛澤東)을 따라 전진하자! 1949년에 인민들은 이런 노래를 부르며 중국을 해방시켰다. 전쟁의 혹독함, 행군의 고난, 이동, 철수, 일시적 패배, 희생, 유혈, 부상, 기근, 입성, 헌병의 철모와 번뜩이는 총검, 토치카 속의 음산한 눈빛, '비적 토벌대 사령부'의 포고, 정풍(整風)의 긴장된 분위기, 거듭되는 자아비판. 중국공산당원들이 인류가 치를 수 있는 최대의 대가를 치른 뒤, 인민해방군은 파죽지세로 전국을 휩쓸었다. 탱크와 기병과 포병은 홍주무(紅綢舞)와 요고대(腰鼓隊), 앙가대(秧歌隊)를 앞세우고 행진했다. 입성한 해방군은 먼저 앙가를 추고 요고(허리에 차는 원통형의 작은 북―옮긴이)를 두드렸다. 그들은 붉은 스카프를 흔들며 전 중국을 해방시켰다. 그때는 앙가(중국공산당은 전통놀이였던 이것들을 선전, 선동, 오락 등의 양식으로 발전시켰고, 각종 행사와 사열 등에 활용하였다—옮긴이)를 추면 천국에 갈 수 있을 것 같았고, 요고를 두드리면 정의와 도덕과 부(富)를 얻을 수 있을 것 같았다. 그때 그는 스물아홉 살이었다. 입가에 수염이 거뭇거뭇했고, 항상 가슴과 왼쪽 팔에 '중국인민해방군 XX시 군사관리제위원회'라는 휘장을 단 회색 간부복 차림이었다. 그의 눈빛과 행동거지에는 인간에게 빛과 자유, 행복을 가져다준 프로메테우스의 신비감 같은 것이 넘쳐흘렀다. 그는 매일 16시간 또는 18시간 심지어는 20시간씩 일했다. 그는 피로를 몰랐다. 그는 세상을 움직일 힘이 있었고, 실제로 세상을 움직이고 있었다. 그는 다른 어떤 젊은이보다도 젊었다. 전도가 양양했기 때문이다. 그는 어떤 나이 든 사람보다도 경륜이 많았다. 거주 인구의 천 분의 몇에 불과한 '원로' 혁명가였기 때문이다. 그는 이 중소도시의 군관위 부주임이라는 신분으로, 날마다 지하당 조직의 책임자, 주둔군 지도자, 노동조합 및 학생연맹 대표, 과학기술계 인사, 자본가 및 국민당 군정 관계 전향자들을 접견했다. 그의 말과 논리, 그리고 그가 애용하는 단어들—극복, 단계, 규명, 관철, 결합, 해결, 방침, 돌파, 전환 등등—은 이 도시 주민의 절대다수가 난생처음 들어보는 신기한 것이었다. 그는 공산당의 화신이자 혁명의 화신이었다. 새로운 조류의 화신이었고 개선가와 승리의 화신이자, 순식간에 만들어진 거대하면서도 무한한 권위와 권력의 화신이었다. 그가 하는 말은 무엇이

든지 다 주목받았고, 상세하게 기록되었으며, 학습 토론되었고, 중요 사안으로 여겨져 반드시 집행되었으며, 즉각적으로 효과와 성공을 거두었다. '국민당 화폐를 새로운 화폐로 바꾸고 물가를 안정시켜야 한다!'고 말하면, 화폐가 바뀌고 물가가 안정되었다. '치안을 정비하고 질서를 유지해야 한다!'고 말하면, 불량배와 좀도둑이 사라졌고 밤에 문을 닫지 않아도 되었으며, 아무도 길에 떨어진 물건을 줍지 않았다. '아편을 금지시키고 매춘을 금지시켜야 한다!'고 말하면, 그 즉시 '아편 가게'와 사창가가 문을 닫았다. 그가 하고자 하는 일은 다 이루어졌고, 사라져야 한다고 주장한 것들은 다 사라졌다. 어느 날, 그가 시 행정 요원들에게 지시를 내리고 있을 때, 눈부시게 새하얀 블라우스를 입은 날씬한 젊은 여자가 등장했다. 지금 생각해보면, 그녀는 조그만 여자아이에 불과했다, 어릴 적에 아무리 걸어도 끝에 다다를 수 없었던 길이 커서 보면 조그만 골목길에 지나지 않는 것처럼.

그때 그녀는 몇 살이었던가? 열여섯 살, 만으로 겨우 열여섯 살이었으니 그보다 열세 살이나 어렸다. 날씬한 몸매, 정열적이고 신념으로 가득하며 생기발랄한 커다란 두 눈. 그녀가 들어왔다. 그녀는 말을 할 때 두 눈으로 그를 똑바로 응시했다. 그녀는 너무나도 그를 보고 싶어했다. 그가 바로 당(黨)이었으니까! 당시 그녀는 미션 스쿨의 학생자치회 회장(나중

엔 자치라는 말이 없어졌는데 그 이유는 알 수 없다)이었다. 그
녀의 학우들이 해방을 경축하는 군민(軍民) 친목 행사 활동
에 참여하고 사회 발전사에 대해 토론한 것 때문에, 그 학교
의 이사회 및 몇몇 외국 수녀들과 충돌하게 되었다고 했다.
사건의 전말을 전달하는 하이윈의 격앙된 어조에 그 또한 피
가 끓어올랐다. 이 사건이 중국 청년의 완벽한 승리로 끝난
뒤 하이윈이 다시 찾아왔다. "전체 학우들이 당신께서 우리
의 투쟁이 거둔 승리의 의의에 대해 말씀해주시기를 원합니
다." "전체 학우라고? 그렇다면 자네는 어떤가?"라고 물었
다. 왜 그렇게 물었을까? 그 물음에 별다른 뜻이 있었던 것
은 결코 아니었다. 그러나 이 크지도 작지도 않은 아가씨는
마치 비둘기 한 마리가 푸른 하늘에 생기를 불어넣고, 물고
기 한 마리가 바다를 활기차게 하는 것처럼, 그의 사무실로
뛰어들어와 그를 유쾌하게 했다. 이 아가씨의 밝게 빛나는
눈동자에 호감이 생겼다. "저 자신은 더 말할 필요도 없습니
다, 전 당신의 말씀을 날마다 듣고 싶거든요"라고 하이윈은
대답했다. 그녀는 왜 그렇게 대답했을까? 그것이 사랑이었
을까? 물론 사랑이었다. 하지만 그녀가 사랑한 것은 당(黨)
이었다. 전차의 종소리가 땡땡땡 울리고 머리 위쪽에서 푸른
불꽃이 튀었다. 그와 하이윈은 전차를 탔다. 당시에는 자동
차가 많지 않았고, 그도 외출할 때 자동차를 탈 생각은 하지
도 않았다. 그때는 자동차가 훗날과 같은 그런 큰 의미를 가

지지 않았다. 한쪽 발을 뻗어 타종 스위치를 밟고 있던 전차 운전사가 손잡이를 놓자 '탕' 하는 소리와 함께 문이 닫혔다. 자리가 없어서 그들은 가죽 끈에 매달린 하얀 플라스틱 손잡이를 잡은 채 서 있었다. 하이윈은 잠시도 입을 쉬지 않았다. "우리 반에 스파이가 둘 있는데요, 그 애들은 지금 잔뜩 겁에 질려 있어요. 그 애들은 장제스(蔣介石)의 공군이 상하이를 잿더미로 만들었다고 유언비어를 퍼뜨렸죠. 우리 투쟁회를 조직했어요. 그 투쟁에서 네 명의 학우들이 공산주의 청년단 입단을 신청했어요." "우린 공산주의적 인생관에 대해 토론을 조직했어요. '인간에게 가장 귀중한 것은 생명이다. 인간에게 생명은 단 한 번뿐이다……'라는 코르챠긴(제정 러시아의 극작가 오스트로프스키의 장편소설『강철은 어떻게 단련되었는가』의 작중인물—옮긴이)의 말을 벽보에 써 붙였죠." 그가 강당으로 들어가자 여학생들이 열렬하게 손뼉을 쳤다. 박수 소리가 파도 소리 같았다. 까맣고 맑은 눈들이 한결같이 존경과 기쁨을 담은 물기 어린 눈빛으로 반짝이고 있었다. 마이크가 고장 나 있었다. 처음에는 소리가 나지 않다가, 나중에는 웅웅거리는 소리가 그치지 않았다. 마이크를 고치는 데 반 시간이나 걸렸다. 하이윈이 강단에 올라섰다. "학우 여러분, 노래를 부릅시다. 어떻습니까?" "좋습니다!" 대답 소리가 수업 때보다도 더 컸다. "저쪽이 첫번째 부분을 맡고, 이쪽으로 순서대로 두번째, 세번째 부분……" 그녀는 한 번의 손짓으로 학생들을 네 부분으로 나누었다. 왕년에 명장 한신(韓信)이 군대를 지휘할 때도 이처럼 기민하지는 못했을 것이다.

    민주 정부는 인민을 사랑하네, 인민을 사랑하네……
    공산당의 은혜는, 은혜는……
    끝이 없어라…… 끝이 없어라…… 끝이 없어라……
    야 후 하이 하이 이 후 야 후 하이, 야 후, 야 후
    ……하이 하이! 하이 하이! 하이 하이! 하이 하이!……

  강당이 온통 "하이 하이 하이 하이 하이 하이" 소리로 가득 찼다. 이런 소리는 통나무를 운반하거나 바위를 깨뜨리거나 산을 깎아내리거나 하는 것처럼, 강철을 단련하거나 할 때 나는 소리이다. 그렇다, 그들은 강철을 단련하고 있었다.

    우리는 제련공,
    행복의 열쇠를 제련한다네.
    쇠망치를 높이 치켜들어
    두들겨라, 아야야야.

  화성(和聲) 부분이 시작되었다. 이처럼 감동적인 노래는 정열과 환희와 성스러운 혁명 목표로 충만한 소녀의 영혼에

서만 나올 수 있다. 지휘하는 하이윈의 머리칼이 불꽃처럼 날렸다. 장쓰위엔은 떨리는 그녀의 여린 몸에서 격정을 보았다. 그녀는 바로 류후란(劉胡蘭)이었고 주워야(卓姬)였으며, 혁명의 청춘이었다. 마이크가 수리되자 그는 강연을 시작했다. "청년단원들이여!"(박수) "학생 여러분, 안녕하십니까? 여러분께 혁명과 투쟁의 신심으로 경례를 올립니다."(박수) "여러분은 새로운 사회의 주인이며 새로운 삶의 주인입니다. 선열의 선홍빛 피가 열어놓은, 빛나고 드넓은 승리의 길 위에서 여러분은 또 하나의 승리를 향해 달려갈 것입니다!" 학생들이 인사말을 한 자도 빼지 않고 수첩에 기록하는 와중에도 박수 소리는 잦아들지 않았다. "중국의 역사, 인류의 역사에 새로운 장이 열렸습니다. 우리는 더 이상 노예가 아니며, 더 이상 비극적 운명에 짓눌린 존재가 아닙니다. 우리는 더 이상 비탄에 잠길 이유도, 눈물을 흘릴 이유도 없습니다. ⋯⋯우리는 우리의 두 손으로 우리의 미래를 만들어가야 합니다. 우리는 빼앗긴 모든 것들을 되찾아야 하며, 예전에 없던 것들을 새롭게 만들어내야 합니다. ⋯⋯억압과 착취, 일체의 사유(私有), 낙후와 불의를 깨뜨렸을 때, 우리가 잃을 것은 단지 쇠사슬뿐이요, 우리가 얻을 것은 전 세계입니다⋯⋯."

박수가 더욱 열렬히 터져나왔다. 그는 하이윈의 격정의 눈물을 보았다. 여학생들의 속눈썹 사이에서 눈물방울이 구르고 있었다. 그녀들의 눈물 속에서 홍기(紅旗)와 등탑, 군대의 신호 나팔과 수력 발전소가 빛나고 있었다. 그때 그는 어떻게 그렇게 청산유수였고, 열정으로 가득 차 있었을까? 그는 공허하고 유치한 말들을 한바탕 쏟아냈다. 그러나 그는 진실했고 믿음을 갖고 있었으며, 여학생들 또한 믿음으로 충만했다. 모든 과거의 것들은 이제 혁명의 불꽃 아래 잿가루가 되어버렸고, 새로운 삶과 새로운 역사가 그녀들의 손이 쥐고 있는 전동차의 동그란 플라스틱 손잡이처럼, 깨끗하고 빛나는 그녀들의 손에 쥐어져 있었다.

그 후로 그들은 편지 왕래를 하고 전화 통화를 했으며, 만나서 공원을 산책하거나 영화를 보았고, 아이스바와 아이스크림을 함께 먹었다. 그와 하이윈은 함께였다. 그러나 그들에게 공원이나 영화, 아이스바는 부차적인 것이었고, 중요한 것은 하이윈이 질문하면 그가 대답하는 식의 정치 수업이었다. 그는 전지전능한 하느님처럼 세계와 중국, 인생과 당사(黨史), 소련과 청년단 지부(支部) 사업 등 하이윈이 질문하는 모든 문제에 대해서 한 치의 오차도 없이 해답을 제시했다. 하이윈이 경건하고 열렬한 그리고 엄숙한 눈빛으로 그를 바라보고 있었다. 그는 자신을 억제할 수 없었다. 하이윈을 자신의 품으로 끌어당겨 입을 맞췄다. 그녀는 조금도 저항하지 않았고, 조금도 자신을 보호하려 하지 않았으며, 조금도 두려워하지 않았다. 그녀는 그를 사랑하고 숭배했으며, 그에게 복종할 뿐이었다. 그도 마찬가지로 그녀를 친근하게 대하지 않았던가? 그도 처음 본 순간부터 그녀를 이미 자신의 배우자로 생각하고 있지 않았던가? 하이윈 부모의 격렬한 반대가 그녀를 되돌릴 수 없었던 것처럼, 상급자와 동료들의 어떤 충고도 그를 움직일 수 없었다. 그들은 결혼했다. 그는 서른 살이었고 그녀는 열여덟 살이었다. 사랑과 혁명이 햇살 가득한 큰길 위로 무섭게 내달렸다. 결혼을 위해 하이윈은 고등학교의 졸업장을 포기하였고, 이후 당 위원회 소속 어느 기관의 타자수가 되었다.

1950년, 그들에게 첫번째 아이가 생겼다. 그러나 이 아이가 태어날 즈음, 조선전쟁의 국면에 중대한 변화가 발생하여 중국인민지원군이 참전하게 되었다. 그리고 그 도시에 반혁명사건이 발생하였다. 전선 지원 사업, 선전(宣傳) 사업, 더욱이 반혁명분자들과의 투쟁으로 인해 그는 한 달여 동안 사무실에서 3킬로미터도 채 떨어지지 않은 집에 한 번도 가볼 수 없었다. 그날, 중요한 회의 중에 그는 하이윈의 전화를 받았다. 아이가 열이 펄펄 끓어서 매우 위급하다는 것이었다. "나 지금 바빠요!" 그는 이렇게 내뱉고 전화를 끊었다. 하이윈의 울음소리가 들리는 것 같았다. 심장이 쿵쾅거렸고 자책감이 생겼다. '회의가 끝나는 대로 바로 가봐야지.' 그는 스스로에게 다짐했다. 사실 그가 집에 가보려고 마음먹었다면 좀더 일찍 가볼 수도 있었다. 그러나 모두들 너무 바빴다. 과장과 간부들도 매일 밤샘을 하며 몇날 며칠 집에 들어가지 못했다. 토요일이나 일요일만이 아니라 신년(新年)이나 춘절(春節)에도 그들은 너무 바빴다. 혁명은 일상(日常) 속에서는 일어날 수 없다! 일상적 생활은 혁명과 양립할 수 없다! 1분을 더 일하면 세계 혁명의 승리를 1분 일찍 쟁취할 수 있고, 뉴욕의 빈민가에 1분 일찍 태양이 떠오를 것이며, 조선의 대표가 평화보위회의에서 보고했던 고난들이 1분 일찍 사라질 것이다. 그날 회의는 새벽 1시 40분이 다 되어서야 끝났다. 그나마 그가 의식적으로 회의를 조속히 마무리한 때문이었다. 반혁명집단의 간첩 행위를 적발하여 신속하게 포위망을 치고, 2시간 후에 작전을 개시했다. 그는 짬을 내어 집으로 돌아왔다. 문으로 들어설 때 그는 손목시계를 들여다보았다. 그러나…….

아이, 그와 하이윈의 첫번째 아이는 이미 숨을 거둔 상태였다.

하이윈은 멍청히 앉아 있었다. 동굴처럼 멍한 그녀의 두 눈을 보고 장쓰위엔은 숨이 턱 막혔다. 그녀에게 말을 걸고 다독거리며 위로했지만, 그녀는 여전히 목석같이 앉아 있을 뿐이었다. 그는 자신을 돌아보았다. 눈물이 흘렀다. 죽은 아이와 멍청히 앉아 있는 나이 어린 아내 앞에서 무릎이라도 꿇고 싶었다. 그녀는 여전히 꼼짝도 하지 않았다. "당신은 자신만을 생각하면 안 돼요, 하이윈! 우리는 보통 사람이 아니오, 우리는 공산당원이라고, 볼셰비키란 말이오. 지금 이

시각에도 미국의 B29기는 평양을 폭격하고 있소. 수천 수만의 조선 아이들이 소이탄(燒夷彈)과 유산탄 아래에서 죽어가고 있어……" 그는 갑자기 흥분했다. 그때 당시에는 무척이나 엄숙하고 진실했던, 하지만 나중에 생각해보니 너무나도 몰인정했던 그런 말들을 그는 한바탕 뱉어냈다. 시간이 되자 경호원이 그를 재촉했다. 그는 바삐 집을 떠났다.

그 후 그와 하이윈은 서먹해졌다. 하이윈은 변화되지도, 충분히 개조되지도, 단련되지도 못한 소(小)자산 계급 지식인이었을 뿐이었다. 그들은 사상적으로 공허하고, 행동에 있어서도 항상 동요하는 존재이다. 그녀는 범속하고 지리멸렬한 존재가 되었다. 하지만 그는 하이윈의 눈빛 속에서 갈수록 냉혹하고 이기적이며 자아도취적인 존재로 비춰지는 듯했다. 그는 책임을 느꼈고, 하이윈의 학업을 중단시키고 나아가서는 하이윈의 행복을 깨뜨린 것에 대해서 자책하였다. 그의 노력 덕분에 하이윈은 상하이에 있는 유명 대학에 입학하여 외국 문학을 공부할 수 있게 되었다. 이는 하이윈이 바라던 것이었다. 기차역에서 기적이 세 차례 울릴 때, 광둥 음악 「오락승평(娛樂升平)」의 멜로디가 흘러나올 때, 기관차가 거친 연기를 무겁게 토해낼 때, 소박한 학생복 차림새에 고무줄로 머리를 묶은 하이윈이 차창으로 머리를 내밀고 그에게 손을 흔들 때, 그는 하이윈의 웃음 띤 얼굴에서 환한 빛을 보았다. 연애, 결혼, 아끼고 절약하며 꾸려나가던 가정 생활,

아이의 탄생과 죽음, 이 모든 것들이 애초부터 없던 일 같았
다. 하이윈은 옛날 그대로 미션 스쿨의 학생자치회 주석이
고, 상하이의 대학에 가서도 수천 명의 학생들을 지휘하여
"해방구의 하늘은 밝은 하늘"이라는 노래를 부를 것이다. 그
리고, 그도 옛날 그대로 노련한 젊은 혁명가이자 자신을 잊
고 사업에 몰두하는 지도 간부이다. 그들의 관계 역시 옛날
그대로 순박하고 순결하며 또 고상하다. 사랑과 우정을 실현
하기 위하여 서로 함께하지 않으면 안 되었던 것처럼, 그들
은 서로에게 남겨진 감정을 유지하기 위하여 이별의 시간을
갖지 않으면 안 되었다. 하이윈이 떠나고 그들은 서로 편지
를 주고받았다. 그는 하이윈을 그리워했고 그럴 때마다 가슴
이 아팠다. '삼반오반(三反五反)'이나 '노호(老虎)' 타도 운동
으로 세상이 시끄러워졌다. 그가 지도하는 단위들에서도 1억
원이 넘는 돈을 횡령한 경제 사범을 모두 14명이나 축출하였
다. 이후에 재검사를 통해서 사실로 판명된 것은 2명에 지나
지 않았지만 그래도 그는 여전히 승리의 희열을 느꼈다. 반
혁명분자의 숙청을 위해 모두들 『"후펑(胡風) 반혁명집단에
대한 자료"의 비판』을 학습하고 적들에 대한 폭로, 고발, 인
계, 심문과 투쟁을 진행하였으며, 무기를 탈취하고 방송국을
장악하였고, 반혁명분자를 색출하여 그들의 죄목을 조목조
목 파헤쳤다. 운동은 꼬리에 꼬리를 물고 계속되었다. 그들
은 구세계(舊世界)의 오물과 독소를 닦아냈다. 1956년, 그는

시(市) 위원회 서기에 임명되었다. 그의 일거수 일투족과 말한 마디 한 마디가 시 전체의 30만 인구에게 영향을 미쳤다. 또 그의 찡그린 얼굴과 미소, 표정과 손놀림, 눈빛과 걸음걸이조차도 각계의 주목을 받았다. 그가 바로 시(市)였고, 그가 바로 시 위원회였으며, 그가 바로 두뇌이고 심장이며 정책이었다. 그는 정열을 다해서 모든 시의 사업을 훌륭히 처리하였다. 파리 박멸 문제는 말할 것도 없고, 공장을 세우는 일 등 그의 사업은 앞을 향해 진행되었다. 그는 찬란하고 거대한 기계의 일부분이었다. 이 기계가 작동하는 동안 그는 자신의 각오와 지혜, 정열과 책임감을 확인하였으며 자신의 역량과 생존의 의미를 발견하였다. 시 위원회가 없다면, 시 위원회에 대한 그의 지도가 없다면, 그도 없는 것이었다.

그러나 하이윈과의 관계는 여전히 호전되지 않았다. 하이윈이 한 학기를 마치고 겨울 방학을 맞아 돌아왔다. 이별은 그들의 사랑을 환기시켰다. 그들은 함께 플로베르와 모파상에 대해서 이야기했다. 하이윈이 당 위원회의 지도 사업에 대해서 무지한 것처럼 그 역시 프랑스 문학에 대해서는 문외한이었다. 그의 질문과 견해에 하이윈은 깔깔대며 웃었다. 그러나 하이윈은 그가 자기의 환심을 사기 위해서 실수를 남발하는 것을 두려워하지 않는다는 사실을 분명히 알게 되었다. 그에게 보답하기 위해 하이윈도 시의 보통 선거와 재정 예산 등에 대해서 관심을 가졌다. 그들은 함께 생선을 구워

먹었다. 그는 하이윈의 조리 솜씨가 식당의 특급 요리사보다 뛰어나다는 것을 처음 알았다. 하이윈이 생선 구울 때 쓰는 양념장이 도대체 무엇으로 만든 것인지 그는 도통 알 수가 없었다. 춘절의 만두와 정월 보름에 먹는 위앤샤오(元宵)도 마찬가지였다. 그 뒤 하이윈은 다시 떠났다. 그녀가 떠날 때 그는 중요한 회의가 있어서 배웅을 할 수 없었다. 하이윈에게서 편지가 왔다. 다시 아이를 가졌다는 것이었다. 그는 미간이 찌푸려졌고, 하이윈에게 유산시키라고 말했다. 이것이 하이윈을 화나게 했다. 여름 방학이 되자 배가 잔뜩 부른 하이윈이 휴학 수속을 마치고 집으로 돌아왔다. "우리는 벌써 한 아이를 잃었어요." 하이윈의 서글픈 눈에는 원망의 빛이 서려 있었다. 그도 양심의 가책을 느꼈다. 아이가 태어나자 그는 훌륭한 보모를 구했고, 새로 설립된 소아병원의 의사를 거의 집에 머물다시피 하게 했다. 하이윈은 그에게 한 학기 동안의 휴학이라고 말했지만 사실은 1년 동안의 휴학이었다. 하이윈은 그들의 두번째이자 유일한 아이의 곁을 떠날 수가 없었다. 장쓰위엔은 이렇게 된 이상 그녀가 다시 학교에 다닐 이유가 없으며, 대학 졸업도 이제 그녀에게 그리 중요한 문제가 아니라고 생각했다. 대학을 나오건 안 나오건 그녀는 조건 좋고 존경받을 수 있는 직업을 얻을 수 있었다. 그러나 그녀는 그렇게 생각하지 않았다. 하이윈은 대학을 마치려 했다. 또 그 시에 있는 학교로 전학하는 것도 바라지 않았다.

이렇게 고집을 꺾지 않았지만, 그녀는 떠나기 전날 밤 곧 돌을 맞는 똥똥의 이마에 눈물을 떨구었다.

바람은 바람과 다투고 물은 물끼리 부딪치듯 사람은 사람과 갈등하고 또 자신은 자신과의 모순에 놓인다. 모순이 가득한 이 세계와 인생이여! 달은 기울었다 다시 차오른다. 당신은 이 둥근 달이 처음에는 이지러지다 점차 가늘어지고 나중에는 완전히 암흑 속으로 사라져버리고 마는 그 달과 같은 것이라는 사실을 과연 단언할 수 있는가? 누에나방은 말라버리고, 그 속에서 또 바쁘게 뽕잎을 먹어대는 수많은 누에고치들이 태어난다. 당신은 당연히 이 누에가 그 누에가 아니라는 것을 알 것이다. 흐르는 강에서 물결은 물결을 뒤잇는다. 앞선 물결과 뒤의 물결, 그들 사이의 갈라짐과 그들 사이의 결합은 어디에서 일어나는가?

하이윈, 하이윈, 나는 당신을 이해하는가? 당신은 나를 이해하는가? 당신은 왜 나를 용서하지 못하는가? 당신이 어떻게 나를 용서할 수 있겠는가!

근거 없는 뜬소문이 떠돌았다. 호의적인 것도 있고 악의에 찬 것도 있었으며, 의도를 알 수 없는 것도 있었다. 장쓰위엔은 몹시 화가 났다. 이 시의 30만 인구를 다스릴 수 있는 내가 설마 당신 하나를 못 다스리겠소? 심지어 이런 제멋대로의 고함이 그의 내심에서 터져나오곤 했다. ……그러나 하이윈이 그의 앞에 나타났을 때, 하이윈이 그가 사준 비싼 옷을 다 버리고 옛날에 입던 구식 옷을 걸치고 있다는 것을 알았을 때, 왜 그는 그렇게 멍할 뿐 따끔한 말 한마디 할 수 없었던 것일까? "우리의 아이를 위해서……"라고 애원했던 것은 바로 당신 자신이었지. 하이윈은 침묵을 지키고 있다가 울음을 터뜨렸다. 그녀는 학교를 그만두고 남자 친구와도 관계를 끊겠다고 대답했다. 비록 대학을 졸업하지 못하였지만 하이윈은 시 사범전문학교의 조교 자리에 취직하였다. 얼마 후 그녀는 학과의 당 지부 부서기에 임명되었다. 그래서 그는 마음을 놓았다. 게다가 그는 하이윈이 출퇴근할 때, 시 위원회의 차로 바래다주기까지 했다.

청천벽력 같은 일이 발생했다. 1957년 반우파투쟁(反右派鬪爭)에서 하이윈이 적발당했다. "나는 당신이 이렇게까지 타락할 줄은 생각지도 못했소. 당신이 어떻게 그런 반당 소설에 갈채를 보낼 수 있소? 당신이 누군지, 내가 누군지를 잊었단 말이오?" 그는 뒷짐을 진 채 이리저리 안절부절 못하면서 말했다. 그의 입장은 굳건했고 얼굴은 철가면을 쓴 듯 조금의 사사로움도 없었다. "죄를 인정하고 거듭 새로운 인간이 되시오. 몸과 마음을 다잡고 환골탈태하시오." 그의 말 한 마디 한 마디에 하이윈은 바늘에 찔린 듯 움츠러들었다. 그녀가 고개를 들었다. 장쓰위엔은 그녀의 얼음같이 차가운 눈빛에 몸서리쳤다. …… 1개월 후 하이윈은 이혼을 제안했다. 그는 상황을 돌이키고 싶었다. 그러나 여러 가지

정황은 이혼이 불가피함을 말해주었다. 이미 이혼 수속을 다 마친 하위원의 얼굴을 보았을 때, 그녀는 얼굴에 기쁜 기색 마저 띠고 있었다. 이것이 그를 분노하게 했다. "타락했어. 확실히 타락하고 말았어." 그는 혼잣말로 중얼거렸다.

  가지 위의 나뭇잎아, 매년 봄 너는 너무나 신선하고 너무나 생기로 충만해 있다. 너는 기쁘게 봄비와 아침 해를 맞이하지. 너는 따뜻한 봄바람 속에서 너의 몸을 흔든다. 너는 새에게 노래를 청하고, 정원과 길과 들판과 하늘을 장식한다. 심지어 너는 이야기를 하고 싶어하거나 시를 읊조리고 싶어하며, 너의 그늘에 숨어 열렬히 사랑을 나누는 청춘 남녀에게 축복을 내리고 싶어한다. 그렇지 않니? 황혼녘에 너에게로 가까이 가면 너의 그 따스하고 부드러운 음성을 들을 수 있다. 너는 여름의 무성함을 기다리며 심지어는 가을의 스산함조차도 경험하고 싶어한다. 바람에 날려 땅에 떨어지는 마지막 순간에도 너는 아쉬움의 탄식 한 마디 내뱉지 않는다. 이미 살아 체험하고 사랑했기 때문이다. 너는 비록 한 조각의 작은 잎사귀이지만 큰 나무를 위해, 새를 위해, 연인을 위해 네가 할 수 있는 모든 일을 다 하였다. 그러나 만약 네가 봄이나 햇빛이 찬란하게 비치기 시작하는 여름에 찢겨졌다면? 당연히 눈물을 참을 수 없겠지? 아쉬움을 감추지도 않겠지? 비록 나무에 여전히 수천 수만 개의 잎들이 달려 있다 하여도, 비록 다음 봄에 또 이렇게 수천 수만 개의 잎들이 무성하게 돋아난다 하여도, 비록 그 나무가 다가올 미래에도 영원히 늙지 않는다 하여도, 그러나 바로 나뭇잎 너는 영원히 다시 태어날 수 없을 것이다. 땅과 하늘이 늙고 피폐해져 이 지구가 사라져버린 후 또다시 우주의 성운들이 결합하여 또 하나의 새로운 지구가 태어난다 하여도, 너는 영원히 다시는 햇빛과 봄비의 애무를 받지 못할 것이고, 또 영원히 너의 달콤한 밀어를 속삭일 수 없을 것이다.

그러나 자동차는 시속 60킬로미터의 속도로 달린다. 기차는 시속 100킬로미터의 속도로 내달린다. 또 비행기는 하늘을 가르며 시속 900킬로미터의 속도로 난다. 인공위성은 시속 1만 8천 킬로미터의 속도로 발사된다. 웅웅 쾅쾅, 속도는 위엄이 서린 거대한 소리를 동반한다.

메이란 美蘭

메이란은 한 마리 물고기였고, 눈처럼 흰 한 마리 백조였으며, 한 덩이 구름이었고, 형틀이었다.

하이윈이 떠나버리자 메이란이 다가왔다. 그에게 관심을 가지고 있던 많은 사람들이 힘을 합쳐 배려한 것이었다. 그들은 애초부터 시 위원회의 서기와 어린 학생 같은 아가씨가 가정을 꾸리는 데에 찬성하지 않았다. 메이란은 온몸에서 윤기와 향기를 발산했다. 메이란은 크고 흰 얼굴을 가지고 있었다. 메이란은 모든 것이 운명처럼 정해져 있었다는 듯이 그렇게 확실히 하이윈이 남겨놓은 공백을 메웠다. 그녀는, 그가 한 치의 회의도 없는 확고한 믿음으로 서기라는 직무를 맡은 것처럼 그렇게 서기의 부인이라는 직무를 받아들였다. 간혹 깊은 고심에 잠겨 있을 때 그녀의 얼굴은 속내를 가늠할 수 없는 표정으로 변하고, 앞이마에는 흉악스러운 느낌을 주는 두 갈래 주름이 수직으로 파인다. 그러나 장쓰위엔을 보면 이 수직의 주름살은 곧장 사라져버리고 매력적인 미소가 드러난다. 그녀의 등장은 장쓰위엔의 생활을 비약적으로 변화시켰다. 의식주 생활이 모두 싹 달라졌다. 메이란이 입에 달고 다녔던 "당신의 사업을 위해서……"라는 말은 그로 하여금 자신이 정당하고 떳떳하다고 느끼게 했다. 이전에 쓰던 소파가 황금빛 주단이 빛을 발하는 새것으로 바뀌었다. 녹초가 된 몸으로 걸터앉은 새 소파 위에서 그는 편안함과 동시에 불편함을 맛보았다. 메이란이 걸핏하면 행정처를 찾아가 무언가를 요구한다는 생각이 불현듯 들었다. 그는 따지듯이 말했다. "마음대로 아무거나 요구하지 말아요. 편하게 사는 데 너무 신경 쓰지 말아요. 원래 있던 소파도 쓸 만한데 뭐하러 바꾸었소?" 메이란은 아양을 떨며 웃었다. "무슨 말이에요! 당신은 눈코 뜰 새 없이 바빠서 나이보다도 한참이나 늙어 보인다구요. 어렵게 집에 돌아와서 잠시나마 쉬는 것인데, 조금 편안하게 쉴 수 있도록 신경 쓰는 것도 안 된단 말인가요?" 그는 할 말이 없었다. 밖에서는 강철 증산에 온 힘을 다 기울이는데, 집에서는 냄비를 그냥 깨뜨려버리는 셈이었다. 반우파(反右派), 반우경(反右傾) 투쟁이다 반보수(反保守) 투쟁이다 하는 긴박한 형세 때문에 그는 오랫동안 긴장돼 있었다. 반짝거리는 푹신한 새 소파는, 부드럽고 살가운 새 아내와 마찬가지로 그에게 그리 사치스러운 것은 아니었다. 다만 가끔씩 이런 일들을 접하게 되면 장쓰위엔은 자기의 생활이 메이란의 뜻에 좌우되고 있고 또 심하게는 자신이 메이란에게 코가 꿰어 끌려다닌다는 생각을 어렴풋이 하게 되는데, 이때마다 그는 몹시 불쾌했다. 이보다는 드물었지만, 작고 연약하며 순결했던 하이윈의 그림자가 그의 눈앞을 스치고 지날 때면, 그의 가슴은 철렁 내려앉았다. 하지만 눈을 똑바로 뜨면 아무것도 보이지 않았다, 차창 밖으로 언뜻 보였던 작은 나무가 눈을 똑바로 뜨고 다시 보려 하면 이미 차 뒤편으로 멀찍이 내동댕이쳐지는 것처럼. 그에겐 지나간 사랑을 돌이켜볼 시간도, 또 그것을 아쉬워할 시간도 주어지지 않았다.

변이 變異

인간과 환경, 이 둘의 관계는 어떠한가? 황색 주단 소파에
앉아, 필터 달린 팬더 담배를 피우면서 "에~, 으음~, 말하
자면~"(주위의 사람들은 그의 이런 감탄사 하나하나를 빼놓지
않고 기록하는 것으로, 존경을 표시한다. 그러나 때로 이것은
아부하기 위한 행동일 뿐이다) 하는 등 말머리를 길게 늘어뜨
리는 습관을 계속하면서도, 또 차를 타거나 연극을 보고 밥
을 먹을 때뿐만 아니라 물건을 살 때 같은 그 어떤 순간에도,
그는 존경받는 위치에 있는 장서기와, 적의 소탕 작전을 피
해 풀줄기 아래에서 이틀 밤낮을 숨어 있던 신참 지도원 장
쓰위엔 사이에 과연 어떤 차이가 있는가 하는 질문을 뇌리에
서 떨칠 수 없었다. 그들은 서로 다른 사람인가? 그의 고난
에 찬 투쟁의 목적은, 정권을 장악하여 중국과 사회를 개조
하기 위한 게 아니었던가? 풀숲이건, 남의 집 부뚜막이건,
혹은 스프링 침대나 시몬스 침대건 상관 없이 그는 한결같이
자신의 몸과 마음을, 자신의 모든 역량을, 자신의 매일 밤,
매일 낮을 위대한 당의 사업에 헌납하려 했던 게 아니었던
가? 잠시도 그 힘겨웠던 세월과 숭고하고 탁월한 혁명 사상
을 잊지 않았던 것도 바로 이 영광을 얻기 위해서가 아니었
던가? 소자산 계급의 무정부주의와, 사멸을 승리로 생각하

는 체 게바라 식의 '혁명'이 궁극적으로 우리의 현실, 우리의 인민과 무슨 관계가 있는가? 그들은 서로 같은 것인가? 그렇다면, 그는 왜 이렇게 소파와 시몬스 침대와 자동차를 잃을까 봐 두려워하는가? 그는 예전처럼 남의 집의 부뚜막에서 편안히 잠들 수 있을 것인가?

그가 자신의 지도적 지위를 잃게 될까 두려워하는 것은, 결코 보다 나은 생활을 못하게 될까 봐서가 아니다. 그는 당을 잃게 되고, 투쟁의 임무를 잃게 되며, 이 위대한 대오 속에서의 중요한 지위를 잃게 되는 것이 두려웠다. 지위, 지위, 지위는 마치 사람보다 더 중요한 것 같다. 요 몇 년 동안 그는 몇 차례의 운동을 지도했고, 그 속에서 지위를 잃은 사람들의 비참한 모습을 직접 목도했다. 적발과 비판은 하느님의 뜻보다, 염라대왕의 소환장보다, 수많은 알 수 없는 사람들의 원망과 의지와 감정보다 수천 배나 더 방자하고 더 무서운 힘이었다. 시 위원회 서기가 되었을 때, 그는 스스로 시의 주재자라고 생각했다. 그러나 하이윈이 적발되고 비판받을 때 그는 아무런 힘도 쓸 수 없었다. 그 뒤로도 그는 손수 적발과 비판을 감행했다. 의기양양했던 지도 간부가 하룻밤 사이에 사람들에게 멸시당하는 비참한 꼴이 되어버렸다. 휘날리던 눈썹은 아래로 축 처졌고 꿰뚫어 보는 듯했던 눈빛은 비굴할 정도로 가련해졌으며, 꼿꼿하던 자세는 구부정해졌고 빛나던 얼굴도 파리해졌다. 사람들은 이렇게 비판당하는 것을 '구린내를 풍긴다'라고 비유했다. 이것은 바로 마법이었고, 거짓말쟁이 아이를 당나귀로 변하게 하고, 아름다운 공주를 개구리로 변하게 하며 안하무인의 임금을 문둥병 걸린 거지로 변하게 하는 요술과 다름없었다.

그러나 그는 이러한 요술이 자기에게 돌아오리라고는 생각하지 않았다. 여러 차례의 운동 중에 그는 하급자들에게, 그리고 군중들에게 이렇게 말했다. "무산 계급이 투쟁 속에서 얻는 것은 승리의 기쁨입니다. 투쟁은 순조롭게 진행되고 있습니다. 부패 계급만이 투쟁 속에서 폭풍 전야의 공포와 괴로움을 느낄 것입니다." 그렇다면 1966년, 그는 왜 홍위병의 징과 북소리에 놀라 가슴을 졸였는가?

후에 그는 그날이 어떻게 다가왔는지를 생각해보았다. '5·16 통지'가 막 하달됐을 때, 그는 여러 차례의 다른 운동 때와 마찬가지로 긴장감 속에서 묘한 흥분을 느꼈다. 그는 이런 운동들이 매정하기는 하지만 위대하고 신성하다고 생각했다. 그러나 그때의 기세는 특히 맹렬했다. 이 기세를 두려워하지 않고 그는 정면으로 맞이하였다. 뿐만 아니라 그는 이 모든 것이 수정주의에 반대하는 것이고 수정주의를 예방하는 것이라고, 또 혁명이라는 수단으로 사회와 중국을 개조하고 역사를 창조하는 데 반드시 필요한 것이라고 굳게 믿었다. 그는 이번에도 축출당하는 간부가 생길 것을 알면서도, 당의 이익을 위해서 온정을 베풀지 않고 조금도 주저없이 계급 투쟁의 칼을 빼들었다. 그는 기관지 부간(副刊) 담당 주임에 대한 비판을 비준하였다. 사실 이러한 상황은 정치적인 혼란을 의미하는 것이었다. 이어 또 전국문학예술연합회 주석을 반동 조직의 우두머리로 몰아 축출했다. 그리고 기관지를 통해서 자신들의 본질을 호도하는 주자파(走資派)의 계책에 현혹되지 말 것을 인민들에게 강력히 하달하였다. 하지만 전국문학예술연합회 주석 한 사람만으로는 너무 적었다. 그래서 그는 시 위원회 선전부장을 축출하기로 결심하였다. 그리고 다음 차례는 문화교육 사업을 관장하는 부서기였다. 반동은 적발하면 할수록 더 많아졌고, 적발 작업이 계속될수록 자기 자신이 그 대상의 최전방으로 다가서고 있었다. 결국 자연스럽게 그 자신이 축출 대상이 되고 말았다.

그러나 그는 자신이 축출 대상이 되리라고는 상상도 하지 못했다. 그는 자기 자신이 아닌 다른 장쓰위엔이 적발당하여 욕을 먹고 침 세례를 받으며, 주자파(走資派), 반도(叛徒), '삼반(三反)' 분자로 낙인찍힌 것이라고 생각했다. 그는 원래의 장쓰위엔은 지금까지의 면모를 계속 유지하고 있으며, 무장 경호원이 지키고 서 있는 시 위원회 건물의(상임 위원 이상의 간부에게는 전용 사무실이 주어진다) 서기 사무실에 앉아 있다고 생각하였다. 사무실은 두 칸으로 되어 있다. 비교적 큰 바깥쪽 방에는 오래된 구식 양탄자가 깔려 있으며 시 구역 평면도와 도시 계획도, 녹화 사업 계획도, 교외 수리 공

정도가 벽에 걸려 있다. 또 구내전화가 놓여 있는 묵직한 사무용 테이블과 소파 한 채가 놓여 있다. 그의 비서는 이 테이블 뒤편에 앉아 강한 책임감을 가지고 세심하고 빈틈없이 일을 처리한다. 그가 사용하는 안쪽의 방은 등과 스탠드가 잘 배치되어 있고 새 양탄자가 깔려 있으며 검은 옻칠을 한 사무용 테이블과 가죽으로 된 회전의자, 그리고 점심때나 회의의 중간 중간에 휴식을 취할 수 있도록 구리 난간이 달린 스프링 침대까지 준비되어 있다. 그는 문건을 보고 비판문을 쓰며, 동그라미를 치고 가위표를 그려 넣기도 하고, 전화를 걸고 깊은 생각에 잠기기도 하다가 결연히 결단을 내리고 그 후에는 비서에게 일처리를 지시한다. 원래 성(城) 직할시의 서기에게는 비서가 할당되지 않는다. 그러나 그의 사무실에는 비서 한 명이 파견되어 있었다. 몇 년 동안 다른 사람들, 자기 자신, 그리고 비서 본인까지도 그를 자신의 개인 비서로 생각하였다. 시의 사업을 빼면 그는 개인적인 취미나 개인적인 희로애락이 없었다. 그는 거의 17년 동안 한 번도 휴가를 받아본 적이 없었다. 심지어는 어렸을 때부터 좋아했던 지방희(地方戲) 공연을 보러갈 때도 그는 마음을 놓지 않았다. 어떤 때는 긴급 안건이 극장으로 보내지기도 했고 극장으로 전화가 걸려오기도 했다. 지도 사업을 떠나서는 그 어떤 장쓰위엔도 존재하지 않았다. 마찬가지로 그도 시 위원회가 자신을 버리리라고는 상상하지 못하였다.

그러나 이제 또 다른 하나의 장쓰위엔이 출현했다. 구부정한 허리에 목을 잔뜩 움츠린 채, 고개를 숙이고서 죄를 인정하는, 두려움에 찌든 노쇠한 장쓰위엔, 욕을 먹고 구타를 당하며 모함과 학대를 받으면서도 되받아치지도, 숨 한 번 떳떳하게 내쉬지도 못하는 장쓰위엔. 동정하는 이 없고, 휴식도 귀가(지금, 그 얼마나 집으로 돌아가 쉬고 싶은가!)도 할 수없고, 제대로 이발과 세수도 할 수 없으며, 좋은 옷을 입을수도 없고, 2마오가 넘는 고급 담배를 더 이상 피울 수 없는 죄인이자 천민(賤民)인 장쓰위엔. 당과 인민에게 버림받고 사회에서 버림받아 상갓집의 개가 된 장쓰위엔. 이게 나인가? 내가 장쓰위엔인가? 장쓰위엔은 반당, '삼반'분자인가? 내가 바로 2주일 전까지 시 위원회의 사업을 주관했었던가? 이 구부정한 허리가 장쓰위엔 서기의, 바로 나의 허리인가? 미음으로 범벅이 된 옷(홍위병은 등에 대자보를 붙이기 위해서 미음 한 통을 그의 목덜미에서 시작해 닥치는 대로 쏟아 부었다)이 내가 걸친 옷인가? 이렇게 움직이기도 힘든, 변소에 가는 것도 사람들의 감시를 받아야 하는 이 노쇠한 몸뚱어리가 바로 늠름하고 힘이 넘치며 자신감에 충만했던 장쓰위엔의 몸인가? 학질에 걸린 사람의 신음 같은 소리를 내는 목청이 바로 맑고 위풍당당한 소리를 내던 서기의 발성기관이란 말인가? 그는 자신에게 계속하여 이런 질문들을 던졌다. 그러나 아무리 해도 그 해답을 찾을 수가 없었다. 그는 결론을 내렸다. 이건 단지 악몽일 뿐이야. 이건 오해이고 착오이며 다만 흉칙한 장난일 뿐이야. 아니야, 그는 자신이 당과 인민의 적이 되고 말 것이라고는 생각지 않았고, 자기가 이런 밑바닥에 완전히 떨어져버리고 말 것이라고도 생각지 않았다. 우리는 반드시 군중을 믿어야 하고, 또 반드시 당을 믿어야 한다. 이것은 변할 수 없는 원칙이다. 살아 있어도 사는 게 아닌, 비루먹는 개보다 못한 이 '삼반'분자, 반당분자 장쓰위엔은 결코 그 자신이 아니다. 단지 영문도 모르는 사이에 어떤 몸뚱어리 하나가 자신의 몸에 꽉 달라붙은 것일 뿐이다. 문구에는 이렇게 적혀 있었다. 장쓰위엔은 혁명소장(革命小將)들의 요술 거울 앞에서 본모습을 드러냈다. 아냐, 그건 본모습이 아니야, 허상일 뿐이라고. 그는 꿋꿋하게 허상의 시련을 견뎌내려 했다.

하지만, 그에게 날린 똥똥의 따귀는 겨우 지탱하고 있던 그의 의지를 완전히 무너뜨리고 말았다.

똥똥 冬冬

아이에 대한 아버지의 사랑은 어머니의 그것과는 다르다. 응애응애 하는 그때부터, 아니, 자기의 뱃속에서 별안간 생명의 기별이 느껴질 때부터, 아이의 울음과 웃음, 동작 하나

하나, 그리고 소리 하나하나는 어머니의 마음을 사로잡는다. 그러나 장쓰위엔은 처음에는, 안기도 힘들 정도로 여리고 젖 비린내를 풍기며 한번 울기 시작하면 눈을 꼭 감은 채로 그칠 줄을 모르는 그 조그만 생명과 자기가 어떤 불가분의 관계에 있는지를 알 수 없었다. 첫 아이를 일찍 잃었기 때문에, 그는 1952년 겨울에 자신과 하이윈의 사이에서 태어난 똥똥을 특별히 조심스럽게 보호하려 했다. 그것은 책임감이자, 아버지도 아이를 사랑해야 한다는 일종의 의례적인 차원이었다. 그러나 그것은 사랑이 아니었다. 사랑이 있었다면 그것은 잠시 동안, 그것도 하이윈을 향한 것뿐이었다. 그는 하이윈이 잠시도 마음을 놓지 못하고 마치 바보처럼 아이에게 집착하는 것을 알고 있었다. 하이윈의 산후 조리기 첫 주에 장쓰위엔은 하이윈을 위해서 똥똥을 좋아하는 모습을 꾸며내기까지 했다. 그러나 그는 이러한 행동이 부끄러웠고, 또 부자연스럽게 느껴졌다.

10개월 후 하이윈은 휴학 기간을 마치고 다시 떠났다. 똥똥은 이제 서서 벽을 짚고 발을 뗄 정도가 되었으며 우물거리면서 '수수(아저씨라는 말—옮긴이)'라는 말까지 할 수 있었다. 똥똥은 항상 아버지를 '아저씨'라고 불렀고, 장쓰위엔은 이때마다 기분이 좋지는 않았다. 그때 똥똥은 이가 8개나 나서 비스킷을 먹기도 하고 눈물을 흘리면서 파를 씹기도 했다. 이러한 행동이 똥똥을 사람처럼 느껴지게 했다. 새로운 사람이 장쓰위엔의 곁에 있었으며 자기 인생의 또 하나의 반려자가 생긴 것이었다. 이런 생각이 들자 장쓰위엔은 목이 뜨듯해지는 걸 느꼈다. 사업이 한창 바쁠 때도 종종 그는 집으로 전화를 걸어 아이의 안부를 묻기도 하였다.

그럴 즈음 하이윈과 같은 반 남학생의 관계가 '수상하다'는 소식을 전해 들었다. 속되고 비열하며 두려운 생각이 그의 머리를 스쳤다. 똥똥은 내 아들인가? 제길할! 이런 일로 허비할 시간이 없는데. 내가 생각해야 하는 것은 30만 인구의 운명이다. 그는 바빠서 똥똥을 바라보고 있을 시간도 없었다.

그러나 그는 하이윈을 용서했다. 그가 높은 지위에서 큰일을 하는 지도자였기 때문이기도 했지만, 그보다는 하이윈을 사랑했기 때문이었다. 사랑한다면 용서할 수 있다. 그 무엇이든지 용서할 수 있었다. 그는 하이윈의 어린아이 같은 얼굴에 눈물이 흐르는 것을 차마 볼 수 없었다. 그는 차라리 자신이 대신 모욕을 받고 싶었다. 그러나 만약 그의 사랑이 오히려 하이윈의 불행의 씨앗이라면? 아, 아, 아! 하이윈의 눈물방울, 연꽃 잎사귀 위의 빗방울, 처마 끝에 매달린 눈 녹은 물방울, 마른 대지를 충분히 적시지 못하는 첫 봄비. 1954년 봄, 빗줄기를 사이에 두고 그는 똥똥이 유리창에 얼굴을 찍어누르는 것을 보았다. 눌린 코가 파랗게, 하얗게 찌그러진 모습이 귀여웠다. 주변의 상쾌함과 촉촉함이 그의 초조한 마음을 달래주었다. 영원히 늙지 않는 봄, 언제나 신선한 초록의 잎사귀, 영원히 굳지 않고 딱딱해지지 않으며 얼어붙지 않는 빗줄기! 어린 똥똥은 책상 위로 기어올라갔다. 그리고는 얼굴을 유리창에 딱 대고서 눈 하나 깜박이지 않고 대자연의 경관을 바라보고 있었다. 온 천지에 수직으로 내걸린 영롱한 빗줄기는 신선하고 신비로우며 매혹적이고 희한하다. 이것은 한 인간이 처음으로 감상하는 비 오는 풍경이었다. 회의다 문건이다 해서 누에가 뽕잎을 헤집고 다니듯 바빴던 장쓰위엔은 똥똥의 비 구경하는 모습을 보고 마음이 크게 흔들렸다. 심장이 쿵쾅거리는 것 같았다. 봄, 초록 잎, 빗줄기 등은 새로 태어난 아이들을 위해서 존재하는 것이다. 어린아이들만이 그가 보지 못하고 지나친, 사람을 깜짝 놀라게 할 아름다움을 놓치지 않으며, 그의 뒤를 이을 세대만이 그가 살아오며 미처 알지 못했던 삶의 매력을 알아차릴 수 있다. 생명이 끊기지 않아야 이 세계는 썩지 않을 것이다. 그는 자기의 친아들을 방해하지 않았다. 친아들, 친아들! 아이는 그로 하여금, 사실 회상이라는 말은 맞지 않지만, 회상에 젖게 만들었다. 그는 흐릿하게 바로 그 자신도 두 살 때, 말하자면 지금으로부터 31년 전에, 이런 모습과 똑같이 코를 짓누른 채로 인생에서 처음 맞이하는 봄비를 감상했던 일을 떠올렸다. 똥똥과 그는 하나의 생명선 위에 있는 두 점이 아닌가? 그는 그 자리를 떴다. 수천 수만의 아이들을 위해 그는 모든 짐을 다 짊어지고 싶었으며, 몸과 마음을 자신이 어렸을 때부터 참여했던 인류 최고로 위대하고 또 최고로 고달픈 사업에 바치고 싶었다. 뚱뚱이 크면 그들의 생활은 우리 세대의 생활보다 많이 좋아질 것이다. 아이야, 너의 행복을 기원한다!

이때부터 그는 시간이 나면 아이와 함께 지냈다. 그가 아이의 손을 잡고 천천히(아이는 이제 조금씩 걸을 수 있다) 큰길을 걸을 때, 그의 옆에는 그를 닮은, 아니 장차 그를 닮을 남자아이가 있지 않은가? 그가 아이를 아이스크림 가게의 흰색 의자에 앉혔을 때, 동등한 또 하나의 독립된 개인——지금은 그 아이가 자신의 보호하에 있지만——이 그와 함께 아이스크림을 먹고 있지 않은가? 아이가 베이뼝양(北氷洋) 아이스크림 통에 얼굴을 박고서, 만족스러운 듯 음냐음냐 하는 소리를 낼 때, 그는 또 얼마나 행복하며 얼마나 흐뭇한가! 그는 뚱뚱이 다 먹기를 기다렸다가 아이를 자기의 머리보다 더 높이 들어올렸다. 보라! 아이의 키가 나보다 더 크다! 아버지와 아들의 사랑, 남자들 간의 사랑은 혈육의 친밀함이라기보다는 우정이라고 하는 것이 더 정확하다.

그러나 이러한 우정은 풍파를 만났다. 물론 아이의 엄마 때문이었다. 1957년, 뜻밖에도 하이원이 학과에서 반관료주의를 주제로 창작된 당을 공격하는 소설 몇 편을 선전했다. 장쓰위엔은 이 소설들을 20년이 지나고 나서야 읽어보았다.

왜 나는 당시에 그 소설들을 찾아볼 생각을 하지 않았던가?
그러나 시간을 내어 그 소설들을 찾아보았던들 별 소용도 없
었을 것이다. 당시는 신념과 열정이 현실과 이성을 압도했던
시대였기 때문이다. 그래서 하이윈은 반당, 반사회주의 우파
분자이자 내부에서 보루(堡壘)를 파괴하려는 제국주의의 대
리인, 양의 탈을 쓴 여우, 미녀로 변신한(맙소사!) 독사가 되
었다. 내 곁(!)에서 잠자던 그녀가 장제스도 할 수 없었던 위
험하고 악랄한 짓을 자행한 것이다. 그래서 결과는? 당연히
하이윈이 이혼을 요구했고, 그는 최대의 힘으로 최후의 노력
을 기울였지만 상황을 돌이킬 수 없었다. 그러나 나는 최선을
다했다. 이혼 수속을 마치고서 그는 스스로에게 말했다. 그러
나 자신의 무고함을 되풀이하여 환기할 때마다 그는 도리어
자신의 잘못을 더욱더 분명히 인식하게 되었다, 밤길을 걷는
자가 노래를 점점 크게 할수록 자신의 두려움이 점점 커지고
있음을 스스로 깨닫는 것처럼.

  똥똥은 어떻게 하지? 그들은 이야기를 충분히 다하지 못
했다. "나는 여전히 그 아이의 아버지이고, 당신은 여전히
그 아이의 어머니요." 이것은 말하지 않아도 다 아는 사실이
었다. 공산당원은 공산주의자이지만 사유 재산을 나누듯 자
식을 나눌 수는 없는 노릇이었다. 일단 아이는 그가 데리고
살기로 했다. 그러나 얼마 되지 않아 그는 아빠 없는 아이가
입을 옷이 없는 사람이라면, 엄마 없는 아이는 입어줄 사람

없는 옷이라는 것을 알았다. 아이는 그 후 하이원에게로 가 살았다. 그는 시간이 나면 자동차를 보내 아이를 데리고 오 게 했다. 그러나 똥똥은 너무 많은 걸 알고 있었다. 베이삥양 아이스크림이나 분홍색의 딸기 아이스크림은 말할 것도 없 고, 다리가 긴 은잔 속에 담긴 고급 양식당의 파인애플 샌드 도 이제 그를 기쁘게 하거나 음냐음냐 하는 소리를 내게 하 지 못하였고, 심지어는 눈썹을 펴고 웃게 할 수도 없었다.

그 후에 메이란이 그의 빈 공간을 채웠다, 비록 그들에겐 아이가 없었지만. 그도 메이란이 그에게 제공해주는 편안하 고도 합리적인 생활에 점점 적응해갔고 그것을 좋아하게 됐 다. 메이란은 마치 인공두뇌학을 전공했던 것 같았다. 그녀 삶의 첫번째 기준은 결코 향락이 아니었다, 합리였다. 아침 에는 차를 마시고 저녁에는 술을 마신다든지, 아침에는 시원 한 물로 세수를 하고 저녁에는 뜨끈한 물로 목욕을 한다든 지, 볼가 자동차를 타고 영화를 보러 갈 때는 운전사더러 영 화가 상영되는 동안 차를 몰고 채소 시장에 가서 죽순을 사 오게 한다든지 하는 등 모든 것들이 합리로 똘똘 뭉쳐 있었 다. 그러나 이렇게 합리적이고 이렇게 아름다움으로 충만한 생활도 여전히 장쓰위엔을 감동시키지 못했다. 그녀가 가져 온 것은 단지 편안함이었고 사람을 피곤하게 하는 행복이어 서, 잘 먹고 잘 자는 것 이상은 아니었다. 이런 생활은 재미 가 없었다. 그는 여러 차례 소학교에 입학한 똥똥을 찾아갔

110

으나 그 아이를 만나보지 못했다. 그래서 1964년의 어느 날 그는 직접 차를 몰고 교외에 있는 소학교로 뚱뚱을 보러 갔다. 그는 하이윈을 보고 싶지 않았고, 그녀의 집에 갈 수도 없었다. 하이윈은 이미 결혼을 한 상태였다. 상대방은 대학 때의 그 남학생이었다. 하이윈의 이런 행동은 그의 고상함과 무고함을 더 잘 증명해주었고, 그는 어느 정도 양심의 가책을 덜 수 있었다.

1964년 뚱뚱은 마르고 안색이 창백했으며, 영양 상태가 좋지 않다는 것이 분명히 드러나 보였다. 1960년 경제적으로 어렵던 시절에 장쓰위엔은 여러 차례 사람을 시켜 뚱뚱에게 값비싼 크림 과자와 고급 초콜릿을 보냈다. 그러나 크림 과자와 초콜릿은 아이를 건강하게 만들지 못했다. 뿐만 아니라 장쓰위엔은 과자와 초콜릿을 보낸 후 아이와 더욱 소원해진 것을 느꼈다. 1964년에 만났을 때, 뚱뚱은 거듭 강조했다. "아빠는 저에게 잘해주세요." 그는 계부를 '아빠'라고 불렀고 친아버지 장쓰위엔은 '아버지'라고 불렀으며 그에게 꼬박꼬박 존댓말을 붙였다. 그는 이제 열두 살이 되었다. 그의 그러한 예의를 갖춘 주눅 든 표정은 장쓰위엔으로 하여금 자신이 하급자 앞에 서 있는 느낌을 들게 했다. 게다가 메이란은 그가 뚱뚱을 만난다는 사실을 알고 나서 그에게 보이지 않는 압력을 가했다. 다른 것은 평상시와 다를 바 없었지만, 이마에 세로로 두 갈래의 주름살이 나타났고, 웃음소리가 눈에 띄게 부자연스러웠다. 그녀의 이런 웃음소리는 등뼈를 오싹하게 하는 냉기를 느끼게 했다. 그래서 그는 더 이상 똥똥을 보러 가지 않았다. 1965년 춘절에 그는 다시 사람을 보내어 똥똥에게 카스테라를 갖다 주게 했다. 그러나 누가 알았겠는가! 카스테라는 개봉도 하지 않은 채 되돌아왔고, 거기에는 똥똥의 글이 실려 있었다. '아버지, 고맙습니다. 이제 저에게 먹을 것을 보내지 마세요. 제발 화내시지 마시고요.' 그는 화가 났다. 그는 갈수록 하급자와 상급자를 나누는 습관이 몸에 배었다. 하급자들은 모두 그에게 공경을 표시했고 그는 하급자들에게 쉽게 화를 냈다. 그래도 별다른 탈이 있을 리 없었다. 뿐만 아니라 화를 내는 것은 위엄의 표시였고, 권위에서 빠질 수 없는 부분이었다. 그런데 똥똥(당연히 그 아이가 자신의 상급자일 리는 없다)이 날 이렇게 대하다니, 정말 이럴 수 있는 것인가!

나중에 그 아이가 크면 모든 것을 분명히 알게 될 것이다. 그리고 스스로 나를 찾아올 것이다. 그리고 노련한 혁명가이자 시 위원회 서기인 아빠를 둔 것이 얼마나 큰 영광이고 복인가를 알게 될 것이다. 장쓰위엔은 이렇게 생각했다.

2년 후 그는 허리를 굽히고 엉덩이를 하늘로 치켜든 자세로 단상에서 비판받고 있었다. 반도, 스파이 장쓰위엔을 처단하자! 자수하지 않은 장쓰위엔을 없애버리자! 장쓰위엔의 골통을 부수자! 파렴치한이 아니고서는 내뱉을 수 없는 그런 말들이었다. 완고파(頑固派)는 개똥 같은 존재일 뿐이다. 콰르릉 콰르릉, 냄비가 끓는 소리 같기도 하고 바람이 불어오는 소리 같기도 했다. 한편 귀가 먹어 아무 소리도 들리지 않는 것 같기도 했다. 머리칼은 완전히 풀어헤쳐졌고 허리는 두동강 날 듯이 굽어 있었다. 그러나 이런 것들은 다 견디어 낼 수 있었다. 그에게 이런 일은 처음이 아니었다. 바로 이때 갑자기 한 소년이 튀어나왔다. 그는 찢어진 눈을 하고 그를 노려보았다. 맙소사! 똥똥! 휙, 그가 손을 날렸다. 첫번째 일격이 그의 귓등에 가해졌다. 이를 악문 모진 가격이었다. 누군가를 죽이고 싶고 또 피를 보고 싶어하는 자만이 이런 식으로 사람을 때릴 수 있다. 얻어맞은 장쓰위엔은 그의 팔을 붙들고 있는 두 명의 소장(小將)의 손아귀에 잡힌채 부르르 떨었다. 감전된 것처럼 머릿속이 멍했고, 고막에 가해진 찌르는 듯한 고통으로 인해 몸의 절반이 마비되는 듯 하였으며, 구토가 나오려 했다. 똥똥은 날린 손의 손등을 이용해서 다시 그의 오른쪽 뺨을 때렸다. 첫번째보다 가벼운 가격이었지만 고통은 더욱 분명하게 느껴졌다. 세번째로 뺨을 맞은 후 그는 거의 인사불성이 되었다.

정신이 아득한 가운데 자기를 때린 그 소년——그는 바로 똥똥이었다, 틀림없다!——의 울음소리가 들리는 듯했다.

계급의 보복! 계급 투쟁의 관점으로만 이것을 설명할 수 있다. 하이윈은 이미 비판당했고, 이미 땅땅땅 하고 재판정에서 정식으로 판결이 내려진 계급의 적이었다. 그러나 장쓰위엔은 비록 군중의 심판을 받았지만, 성 위원회에서 정식으로 직책을 임명받았고 또 중앙조직부에서 이를 허가받은 인물이었다. 그의 신분은 여전히 시의 당 위원회 지도자였다. 혁명 군중들이 그를 타도하자고 외치며 그에게 허다한 죄목을 갖다 붙이긴 했지만, 아직 결론지어진 것은 아무것도 없었고 또 정식으로는 아무런 비판도 받지 않았다. 그의 문제는 하이윈과는 본질적으로, 그리고 계급적으로 다른 문제였다. 똥똥은 고집스럽게 제 엄마의 반동적 입장에 서서, 아마 제 엄마의 지시를 받아 자신에게 계급의 보복을 실행했을 것이다. 죽일……! '좌파의 반란은 허락하지만 우파의 폭동은 허락하지 않는다'라는 말이 있지 않은가? 또 역사상 전례 없는 무산 계급 문화대혁명 중에는 뱀과 지렁이가 섞이고 진흙과 모래가 섞이며 각양 각종의 반혁명도당들이 준동하는 것을 피할 수 없다는 말이 있지 않은가? 똥똥의 행동은 바로 우파의 폭동이며 반혁명도당의 준동이다. 기회를 봐서 자신을 감시하는 혁명 군중들에게 이 문제를 이야기하여, 그들이 계급 투쟁의 새로운 동향에 세심한 주의를 기울이게 하고, 당과 사회주의에 대해서 진정으로 원한을 품은 자들을 절대로 그냥 놓아두어서는 안 된다는 사실을 각성시켜야 한다.

그러나 그 자신이 먼저 맥이 빠져버렸다. 며칠 후 그는 하이윈이 목을 매고 자살했다는 소식을 들었다. 이와 동시에 메이란이 대자보를 붙여 정식으로 자신과의 완전 결별을 선언했다는 사실을 알게 되었다. 하지만 이 나중의 소식은 그에게 아무런 영향도 끼치지 않았다.

심판 審判

내 죄를 심판해주십시오.

당신은 무죄요.

아닙니다. 그 유궤전차(有軌電車)의 딩동 소리는 하이윈의 청춘과 생명의 만가(輓歌)였고, 그녀가 내 사무실로 찾아온 그날부터 그녀의 파멸은 예정되어 있었습니다.

그녀가 찾은 것은 당신이오. 그녀가 사랑한 것도 당신이오. 당신은 그녀에게 행복을 가져다주었소.

내가 그녀에게 가져다준 것은 파멸이었습니다. 나는 내 첫 아이를 돌보지 않았고, 심지어 지금은 그 아이의 얼굴조차 기억할 수 없습니다. 나는 똥똥에게도 죄를 지었습니다. 이제야 나는 내가 보낸 초콜릿과 카스테라가 그에게 나와, 그가 가장 사랑했던 자기 엄마의 처지의 차이를 느끼게 했음을 알게 되었습니다. 그녀가 눈물을 흘릴 때, 나는 당연히 손수건으로, 아니 손으로 직접 그녀의 눈물을 닦아주어야 했습니다. 그러나 나는 그렇게 하지 않았고 그녀에게 관료식의 뻔한 소리만을 해댔습니다. 그러나 이런 것은 그리 중요한 것은 아닙니다. 만약 내가 없었다면 그녀는 마음 편히 대학에 갈 수 있었을 것이고, 교수 아니면 전문가가 되었을 것입니다. 그녀는 아무런 부담 없이 학업을 마치고 성공을 이룬 후에 나이나 성격, 지위 등에서 더 적당한 반려자를 찾을 수 있었을 것입니다. 나로 인해 이 모든 것들이 불가능해졌습니다. 이것이 그녀를 의기소침하게 했으며, 그녀로 하여금 1957년에 빗나가는 말을 하게 했던 것입니다.

그러나 당신은 그녀를 사랑했소, 그렇죠?

사람은 한 번 죽습니다. 나는 이 세상을 떠나는 순간 이 말을 하고 싶습니다. 하이윈, 나는 당신을 사랑하오! 그러나 만약 내가 그녀를 진실로 사랑했다면 1950년에 그녀와 결혼하지 말았어야 했고, 1949년에 그녀와 서로 사랑하지 말았어야 했습니다. 우리는 영혼을 믿지 않습니다. 그러나 내게 만약 수천 수만 번의 내세가 존재한다면 나는 수천 수만 번 하이윈의 발 아래 무릎을 꿇고 그녀에게 나를 심판하고 벌주기를 부탁할 겁니다.

당신은 사람이오. 당신의 지위는 당신이 사랑할 권리를 빼앗을 수 없고, 더욱이 당신에게서 소녀의 사랑에 회답할 권리를 뺏을 수도 없습니다.

그러나 내가 더 나이가 많았으니 이 모든 것들을 이성적으로 처리해야 했고, 또 모든 책임을 다 져야 합니다. 나는 그처럼 순결하고 어린 영혼을 짓밟지 말았어야 했습니다.

1949년에 당신도 순결하지 않았소? 당신도 젊고 미숙하지 않았소? 그때는 우리의 공화국과 우리들 모두가 성숙하지 못했던 것이오.

그러나 나는 왜 그녀를 지킬 생각을 하지 못했을까요? 생명을 걸고 나는 그녀의 곁에 있었어야 했습니다.

그러나 후에 그녀는 당신을 사랑하지 않게 되었고, 너무 경솔했소. 그녀에게도 잘못이 없지는 않소. 대학에서 그녀는 애인을 만들었으니 질책을 받아야 될 이는 바로 그녀이지 당신이 아니라오.

나의 고통은 바로 거기에 있습니다. 결국 나를 징벌할 수 있는 사람은 없습니다.

있소.

누구입니까?

똥똥.

산촌 山村

장생(莊生)은 꿈에서 자기가 나비가 되어 이리저리 훨훨 날아다니는 것을 보았다. 꿈에서 깨자 그는 자신이 무엇인지를 알 수 없었다. 장생이 현실이고 나비가 꿈인가? 아니면 나비가 현실이고 장생이 꿈인가? 장생인 그가 꿈에서 나비가 된 것인가? 아니면 그는 원래 나비였는데 꿈을 꾸면서 사람이, 바로 장생이 된 것인가?

재미있는 이야기다. 그러나 재미는 있지만 이 이야기를 듣고 나면 슬퍼진다. 왜냐하면 그 꿈은 재미있으면서도 아름답기 때문이다. 이런 꿈을 꿀 수 있는 사람은 행복할 것이다. 만약 꿈에서 나비가 되지 않고 죄인이 된다면, 도무지 납득할 수 없는 이유로 세상과 격리되고, 심지어 심판조차도 받을 수 없다면, 살아 있을 수도 또 죽을 수도 없다면, 게다가 자신에게 죽을 권리마저 주어지지 않는다면……. 가만히 생각해보면, 감옥은 결국 그 자신이 지휘하여 만들었고 자신이 시찰했으며 자신이 계급의 적들을 잡아 가둔 곳이다. ……그는 또 무슨 생각을 하는 걸까?

쇳덩이처럼 짓누르던 꿈에서 깨어났다. 장쓰위엔은 1970년에 돌연 석방되었다. 영문을 알 수 없기는, 3년 전에 돌연 '승진'하여 독방에 갇히게 되었을 때나 마찬가지였다. 그로 하여금 좀더 쉽게 악몽에서 깨어날 수 있도록 도운 것은 그의 집 문제였다. 그의 집은 이미 사라져버리고 없었다. 그가 감옥에 있을 때, 메이란은 법원에 가서 이혼 수속을 마치고 그가 가지고 있던 모든 가산을 정리하여 떠나버렸다. 이러한 소식은 출감한 그를 시원한 물로 목욕을 한 듯 상쾌하고 홀가분하게 해주었다.

더 이상 나비가 되어 하늘이며 땅 위를 날아다니지 않아도 되었다. "당신의 사건 처리는 아직 일정에 없습니다." 전담 조장이 장쓰위엔에게 말했다. 산골짜기에 숨어 활동하던 팔로군 간부가 든든한 권력의 지도자이자 집정자가 되었다가 다시 혁명 군중으로부터 내쫓겨 비판의 표적이 되었고, 다시 고독한 죄수가 되었으며, 또다시 버림받은 외로운 나비가 되었다. 내가 이러한 변화를 모두 견디어낸 것일까?

그는 낙마한 가련한 신세와는 달리, 삶의 의미와 목적을 '인민 내부 모순'의 해결에 두었다. 중국공산당의 중견 당원이자 시 위원회 서기가 '인민 내부 모순'의 해결을 원한다? 세상이 웃을 일이다. 하지만 그는 살아가기를 원했고, 과거의 일을 반성해보기를 원했으며, 자신의 아들을 찾기를 원했다.

그래서 1971년 초봄에 그는 똥똥이 파견된 변방의 산촌으로 옮겨갔다. 산 아래로 살구꽃이 구름처럼 피어 있었다. 산골짜기의 물은 은색 물안개를 피워 올리면서 콸콸 소리를 내며 힘있게 이리저리 돌아 흘러내려갔다. 도처에 생기가 가득했다. 음지 쪽의 얇게 깔린 얼음 아래로도 물이 흘렀고 또 그 속에서 수없이 많은 작은 고기들이 헤엄쳐 다녔다. 양지 쪽은 더 말할 것도 없이 신록이 드리워져 있었는데, 풀들이 자라난 기세로 봐서는 겨울 동안에도 이 풀들은 생장을 멈추지 않았던 듯싶었다. 장난꾸러기 다람쥐는 나뭇가지 위를 이리저리 뛰어다녔다. 다람쥐는 응회암 바위에다 살구씨 껍질을 깨뜨려 알맹이를 깨끗하게 먹어치웠다. 작은 꽃뱀은 마른 나뭇잎 속을 이리저리 비집고 다녔다. 들토끼의 제자리뛰기는 피어오르는 회색 연기를 안심시켰다. 장쓰위엔은 언젠가 교외를 시찰하려고 야간에 차를 타고 갈 때, 작은 회색 토끼 한 마리가 지프차의 전조등 빛줄기 앞으로 뛰어들었던 일이 생각났다. 그 토끼는 너무 당황스러워했다. 양옆은 완전히 칠흑 같은 어둠이었고, 뒤쪽은 질풍같이 자기를 쫓아오는 무서운 괴물—자동차였다. 토끼에게는 앞쪽으로만 길이 나 있었고 그래서 자동차 전조등이 가리키는 방향을 따라 죽어라 내달렸다. 운전사는 낄낄거리며 액셀러레이터를 밟아 속력을 올렸다. 그때 장쓰위엔은 운전사에게 차를 세우고 전조등을 끄라고 명령해서 그 회색 토끼가 달아날 수 있게 해주고 싶었다. 그러나 그는 이렇게 세세하게 참견하는 것을 내켜하지 않았다. 차가 막 토끼를 치려고 할 때, 장쓰위엔은 작은 토끼의 떨고 있는 긴 귀를 보았다. 갑자기 토끼가 용기를 내서 몸을 옆쪽으로 힘껏 틀어 목숨을 구했다. 장쓰위엔은 길게 한숨을 내쉬었다.

산길이 험했다. 인생의 길은 더욱 험난하다. 그러나 산은 산이고 사람은 사람이다. 조국의 대지가 아무리 많은 고난을 겪는다 해도 봄은 여전히 조국의 봄이며, 산의 봄이고 인간의 봄이다. 그는 진심으로 나비가 되어 눈 쌓인 산봉우리에서 콸콸 물 흐르는 산골짜기로, 울창한 나무숲에서 계단식 밭으로 날아다니고 싶었다. 일군의 청년들이 계단식 밭을 갈고 있었다. 우두머리 격으로 보이는 청년이 검은색 솜저고리를 비스듬히 걸쳐 입고서 휘파람을 불다가 갑자기 목청을 높여 산가(山歌)를 부르기 시작했다.

　억울한 원한을 네 오빠에게 알려라,
　누이야, 마음을 바꾸거라,
　물에 뛰어들지 말아라

　하이원은 물에 뛰어들지 않았다. 그녀는 목을 올가미 속으로 집어넣었다. 장쓰위엔은 의자에서 뛰어내리는 순간, 올가미가 펜치처럼 목을 꽉 졸라매는 고통을 느꼈다. 이를 떠올릴 때마다 그는 한참 동안 말을 할 수가 없었다. 그의 발성 기관에 문제가 생겼던 것이다. 그는 이것을 핑계로 당시 비판당한 간부들을 재교육시키던 '오칠(五七)' 간부학교에 가지 않고 그의 아들이 파견돼 있는 곳으로 가기를 요청했다.

　그는 '평민'의 신분으로 산촌에 왔다. 관직도 없고 권력도 없으며 미명(美名)도 오명(汚名)도 없었다. 몸뚱어리 그대로의 자기 자신을 빼면 그에게는 아무것도 없었다. 50년 전 그가 사람을 유혹하기도 하고 사람을 괴롭게 하기도 하는 이 세상으로 올 때와 마찬가지였다. 사람은 태어날 때 아무것도, 몸뚱어리를 가릴 옷 하나도 없지 않은가? 아무것도 가지지 않은 그가 산촌에 와서 살게 되자, 아들은 즉시 옆 마을로 옮겨가버렸다. 우리는 서서히 서로를 이해하게 될 것이다. 그는 냉철하게 그곳에 계속 머물렀다. 그는 결코 서둘러 아들을 이해하려 하지 않았다. 그가 먼저 이해하고 먼저 발견해야 할 것은 바로 그 자신이었다.

산에 오를 때, 그는 자신의 다리를 발견했다. 몇 년 동안 그는 자신의 다리에 조금도 주의를 기울이지 않았다. 농민들이 탈곡하는 것을 도우면서 그는 자신의 두 팔을 발견했다. 물지게를 질 때 그는 어깨를 발견했다. 광주리를 맬 때 그는 자신의 허리와 등을 발견했다. 일을 하다 손에 괭이자루를 쥔 채로 목을 빼고서 먼지를 일으키며 길 위를 달리는 자동차를 볼 때 그는 자신의 눈을 발견했다. 과거에 그는 먼지를 일으키며 빠르게 내달리는 자동차의 푹신한 자리에 앉아서 유리창 너머로 농민들이 일하는 것을 바라볼 뿐이었다.

심지어 그는 자기가 여전히 망가지지 않았고 또 어느 정도 매력을 가진 남성이라는 것을 발견했다. 그런데 결혼한 여사원들, 중년의 부인네들이 왜 그렇게 그와 이야기하는 걸 좋아하는 걸까? 이미 결혼한 남녀 농민들이 서로 그렇게 심한 장난을 치고 노골적인 농담을 하는 것을 그는 받아들이기가 힘들었다. 그러나 이러한 것들도 이해할 만했다. 휴식 시간에 자기들끼리 즐기는 것도 안 된다는 말인가? 그들에게는 재미있는 일이 너무 적었다. 논두렁에 앉아서 쉴 때도 '무릇

적들이 반대하는 것은……' 하는 유의 어록을 암송하게 하거나, 무슨 '구름을 뚫고(沖雲天)' '하늘을 뚫고 올라(沖霄漢)'라는 등의 노래를 부르게 할 수는 없는 것이다. 그들이 관심을 갖는 것은, 땅에서 얼마나 많은 것들을 수확하는가 하는 것이지 구름을 뚫고 오르거나 하늘을 뚫고 오르는 일들이 아니다. 하지만 장쓰위엔 그는 과거에 항상 'N-24'기나 'IL-18'기 등을 타고서 구름을 뚫고 오르거나 하늘을 뚫고 오르는 일만 생각했었다.

그는 이곳에서 자기의 지혜와 각오, 덕망도 발견했다. 17년 동안 그는 어디를 가나 존경을 받았다. 그러나 이러한 존경은 하루아침에 모함과 폭행과 학대로 변하였다. 메이란과 그의 아들마저도 그를 버렸다. 그는 자신을 향한 존경이 장쓰위엔에 대한 것이 아니라 시 위원회 서기에 대한 것이라는 사실을 불현듯 깨달았다. 그는 시 위원회 서기 자리를 잃자 이 모든 것을 잃게 되었다. 그러나 지금은 달랐다. 농민들은 그를 동정했고 신뢰했다. 무슨 일이 있으면 그를 찾아왔다. 그것은 다른 이유 때문이 아니었다. 단지 그가 확실히 정직하고 각오가 남다르며, 덕망이 있고 명석하며, 사람들에게 관심을 기울이고 그들을 잘 돕기 때문이었다.

그러나 똥똥 앞에서는 그렇지 못했다. 그가 처음으로 똥똥을 찾아갔을 때, 똥똥은 신발을 수선하는 중이었다. 그는 가죽에다 퉤퉤퉤 침을 뱉고서 바늘에 실을 꿰었다. 그가 나타나자 똥똥은 자기가 노련한 기술자라는 것을, 시내의 사거리에 신발 수선점을 낼 수 있을 만큼 많은 경험과 훌륭한 기술을 가지고 있음을 내보이려고 노력했다. 그러나 그가 너무나 열심히 애쓰는 바람에 도리어 신발 수선공 같지 않아 보였다.

"왜 말이 없느냐?" 그가 똥똥에게 물었다.

"할 말이 없어요. 왜 하필 이곳으로 오셨어요? 저는 성까지 바꿨어요. 전 이제 장(張)씨가 아니예요."

"그건 상관없다. 결국 우리 둘밖에 남지 않았다. 나에겐 너 이외에, 그리고 너에게도 나 이외에 다른 살붙이가 없다."

"만약 복직이 되면 아버진 또 한 차례 죽음을 몰고 오시겠죠? 사람들은 모두, 정권은 상대를 진압하고 숙청하는 권리라고 생각해요. 제일 먼저 죽이고 싶은 게 저 아닌가요?"

"그만, 그만 하거라! ……."

"아버지는 왜 저를 원망한다고 솔직히 털어놓지 않으시죠? 그날 절 알아보지 못하셨나요? 그날 아버질 때린 건 저였어요. 그때 어떤 생각을 하셨나 솔직히 말씀해보세요! 계급 투쟁, 계급 보복…… 맞죠?"

그는 몸을 떨었다.

"이게 차라리 한결 낫구나. 내가 원하는 건 솔직함이다. 솔직하게 날 원망하는 것이 거짓으로 좋아하는 척하는 것보다 낫다." 똥똥은 흥분했다. 바늘이 왼손의 무명지를 찔렀다. 그는 손가락을 입으로 가져가서 피를 빨아냈다. 그의 이런 모습은 그의 어머니와 꼭 닮았다. 신혼 때, 아니 결혼하기 전인가 보다. 하이윈이 그에게 단추를 달아주다가 자기의 손가락을 찌른 적이 있었다.

"내게 네 어머니가 죽기 전 일들을 말해줄 수 있겠니?"

"몰라요."

"무슨 소리냐?"

"그날 전 아버지를 때리고 공안국에 잡혀 갔어요. 좌파의 반란은 허락해도 우파의 폭동은 좌시하지 않는다는 게, 아버지네가 항상 부르짖던 구호잖아요."

그는 또 몸을 떨었다. 올가미가 목을 조르는 고통이 느껴졌다. 컥컥, 참혹한 비명이 들린다. 컥컥…….

"왜 그러세요?"

"컥……컥……."

뚱뚱은 그를 부축해서 침대로 데리고 간 후 물 한 컵을 따라주었다.

"넌…… 왜…… 날 피하느냐?" 장쓰위엔은 마치 고장난 풀무를 작동시키는 것 같은, 오래된 풍차를 돌리는 것 같은 컬컬한 목소리로 물었다.

뚱뚱이 그 말을 알아듣고 한참 동안 아무 말이 없다가 반문했다.

"아버진 절 용서하실 수 있으신가요?"

"어쩌면, 용서를 청해야 될 사람은 나다."

"제가 무엇 때문에 아버지를…… 때렸다고…… 생각하세요?"

"네 어머니 때……."

"아니에요, 틀렸어요." 똥똥은 아버지의 말을 잘랐다. 그는 아버지가 두려운 말을 할까 봐 겁이 났다. "제가 아버지를 때린 건…… 사실은 혁명 때문이었어요. 우리편 사람들이 절 충동질했어요. ……아버지의 생각과는 반대로, 아버지가 적발된 뒤 어머니는 여러 차례 저에게 아버지는 대자보에서 폭로한 것같은 그런 사람이 아니라고 말씀하셨어요…… 어머니가 돌아가신 것은 제가 그 말을 듣지 않았던 것과 무관하지 않아요. 물론 어머니가 피투성이가 되도록 얻어맞았던 것이 직접적인 원인이에요. 어머닌 그걸 참을 수 없어 했어요. 전……."

뜨거운 눈물이 살갗을 갈랐고, 비통함이 심장을 찢었다. 그들은 화해했다.

그러나 그들은 완전히 화해하지 못했다. 장쓰위엔이 아들과 점점 친근해져갈 때 아들의 일기장을 보게 되었다. 일기는 회의와 퇴폐로 가득 차 있었다. "됐어, 이런 거짓과 위선. 이런 허세와 기만." "인간은 최고로 이기적이고 최고로 비열한 존재이다." "살아 있다는 것이 잘못이고, 사는 것이 바로 고통이다." 이것을 보면서 장쓰위엔은 손이 떨렸다. 우리가 지난한 투쟁과 피나는 희생을 치르고 나라를 위해 밤낮을 가리지 않으며 온몸이 부서져라 일했던 것이 이 애들의 이런 보잘것없고 한심한 무병신음(無病呻吟)을 위한 것이었단 말인가? 그는 흥분하여 똥똥을 질책했다. 똥똥도 흥분했다.

똥똥은 말했다. "입장? 입장이라고요? 제가 어떤 입장에 서 있느냐고요? 아버지네는 물론 당의 입장에 서 계시겠지요. 아버지들이 희생을 했다고요? 아버지네가 당에서 얻은 것은 당에다 바친 것보다 결코 적지 않아요! 지금 아버지는 감옥과 같은 곳에 있고, 또 억울해 하시지만, 그래도 아버지네의 월급은 농민들의 일 년치 수입보다 많다고요. 그리고 아버지네는 지금이 아니면 또 나중에라도 시 위원회 서기 같은 귀한 직책에 오를 수 있다는 믿음으로 가득 차 있어요!"

"닥쳐라!" 장쓰위엔은 분노했다. "네가 날 욕할 수는 있어도 우리의 당을 모욕할 수는 없다! 우리 혁명가 전체를 모욕할 수는 없어. 위대한 혁명가 리따쟈오(李大釗), 팡즈민(方志敏) 같은 위대한 혁명가들은 인민을 위해 목숨을 바치고 피를 뿌렸단 말이다."

"우리를 위해서, 우리가 이렇게 고생하게 하기 위해서요?"

"감히 그따위 말을 함부로 하다니! 이게 얼마나 큰 반동인 줄 아느냐!"

"절 감옥으로 보내시려고요? 하기야 감옥을 만든 게 자신을 가두기 위한 것이었겠어요?"

"너······" 장쓰위엔은 화가 치밀어 말이 나오지 않았다. 만약 5년 전에 이런 말을 들었다면 상대가 누구든지 상관하지 않고 그와 결별해버렸을 것이고, 온 힘을 다해서 반격하여 결국은 그를 짓눌러버렸을 것이다. 그러나 그는 이 말을 듣고 폭발할 것 같았지만 결국 음성을 낮추고 흐리멍텅하게 욕한 마디만을 내뱉고는 그 자리를 털고 일어섰다.

집으로 돌아오는 길에 그는 폭우를 만났다. 번갯불이 나뭇가지 위에서 번쩍거렸고 벼락 치는 소리가 머리 위에서 쿠르릉거렸다. 쏴아 하는 빗소리가 마치 천군만마가 고함을 내지르며 달려들어 서로 죽고 죽이며 싸움을 벌이는 듯 하였다. 빗물이 발에 스며들어 산길을 걷는 것이 마치 개울을 건너는 것 같았다. 신발이 젖어 무거웠다. 이때 장쓰위엔은 벼락과 섬광으로 변해버리고 싶었다. 빛을 번뜩이고 콰르릉 터질 수 있다면 얼마나 좋을까? 또 번개를 맞는다면 얼마나 통쾌할까 하는 생각까지 하였다.

그러다 그는 미끄러지고 말았다.

복직復職

왠지 모르지
난 항상 우수에 젖어 있네.

128

매일 난 기도를 하지
사랑의 적막이 어서 사라져버리기를…….

홍콩의 유행가 한 곡이 전국을 휩쓸었다. 그는 이러한 사
정을 잘 몰랐다. 다만 젊은이들이 홍콩의 노래를 녹음하여
듣는다는 사실을 소문으로 들었을 뿐이다. 그때 그는 경멸하
듯 이를 비웃었다. 그는 원래 홍콩 문화를 안중에 두지 않았
다. 자신이 장씨로서 6년간 일하고 땀 흘렸던, 6년간 마음속
으로 피눈물을 흘렸던 그곳을 신분을 드러내지 않은 채 조심
스레 찾아가던 도중, 차를 바꿔 타기 전 머물렀던 간부용 초
대소에서 같이 방을 썼던 어느 무역공사 물품 구입 담당자의
휴대용 녹음기를 통해서 그는 이 노래를 거듭거듭 자세히 들
어보았다.

어떻게 말해야 하나? 그는 음악가가 아니다. 그는 부대에
서 악보 보는 법과 박자 맞추는 법을 배웠을 뿐이다. 팔로군
은 노래를 즐겨 했다. 변구(邊區: 중국 국공 내전기의 혁명 근
거지, 해방구라고도 한다—옮긴이)에 온 사람의 첫인상은 노
랫소리가 많이 들린다는 것이었다. 어떤 노래의 첫 두 소절
은 이렇다. "해방구의 맑은 하늘을, 해방구의 인민들은 무척
좋아하지." 다음 두 소절은 또 이랬다. "해방구의 태양은 영
원히 지지 않고, 해방구의 노랫소리는 영원히 끊기지 않네."
해방 전쟁 시기에 장제스 통치 지역에서 유행했던 「미친 세

계」와 해방구에서 유행했던 「우리는 민주 청년」을 들어보면, 중국의 미래가 누구의 것이 될지 분명히 알 수 있었다.

그러나 지금은? 지금은 어찌 되었는가? 30년 동안의 교육과 훈련, 30년 동안 불렸던 '훌륭한 사회주의' '청년들의 불타는 가슴,' 심지어는 근 몇 년간 끊임없이 불렸던 "노삼편(老三篇)은 전사들뿐 아니라 간부들도 익혀야 해" 등의 노래에도 불구하고 '사랑의 적막'이 전국을 정복했다!

그는 그자의 녹음기를 부숴버리고 싶었다. 그는 자리에서 일어나서 작은 원을 그리면서 서성였다. 주먹을 너무나 꽉쥔 나머지 손톱이 손바닥을 아프게 찔렀다. 노래가 너무나 거짓되고 너무나도 경박하다! 술집에서 장발을 늘어뜨리고 엉덩이를 흔들거나 담배를 피우고 샴페인을 마시면서 서로에게 추파를 던지는 젊은 녀석들, 독서나 노동, 야근 등에는 무관심하고 외국이나 홍콩, 심지어는 대만(!)이라는 말만 들어도 침을 흘리면서 하루 종일 오로지 냉장고나 잘 빠진 가구, 시몬스 같은 것만 생각하는 멍청한 녀석들, 그 녀석들이 도대체 사랑이 무엇인지, 우수가 무엇인지, 적막이 무엇인지를 진정으로 알기나 하겠는가? 삼류 사진관에서 과장된 포즈로 사진 찍는 모습을 보는 것처럼 역겨울 뿐이다!

겉만 그럴싸한 노래. 거짓으로 가득 찬 노래. 천박하고 속되기까지 한 노래. 궈란잉(郭蘭英), 궈수쩐(郭叔珍)뿐만 아니라 곽씨가 아닌 다른 성(姓)의 가수에도 못 미치는 목소리의 여가수. 그러나 이 노래는 의기양양하게 허다한 적수들을 물리쳤고, 설사 금지——이러한 얼간이 짓을 우리가 다시 하지는 않겠지? 그러나 아무도 모른다?——시킨다 해서 금지되지도 않을 것이다.

심지어 이 노래는 사람을 멍하니 졸리게 만든다. 소리 질러 노래한 후 피로와 몽롱함 속에 졸리운 것은 대뇌 피질 작동의 필연적 과정인가?

그러나 아니, 장쓰위엔 부부장은 졸립다고 잠들 수가 없었다. 1975년 4월 복직된 뒤로 장쓰위엔은 하루도 마음 편히 잠을 잘 수가 없었다.

1975년 4월, 장쓰위엔은 아들과 함께 살던, 돌로 담을 쌓고 지붕을 덮은 산촌의 작은 집에서 부추를 다듬고 있었다. 여의사 치우원의 도움으로 그와 아들은 벌써 오래전에 화해했다. 그때 그는 부추를 다듬어서 아들이 오면 만두를 해 먹을 작정이었고, 치우원과 그녀의 딸을 저녁 식사에 초대할 것인지 말지를 고민하던 중이었다. 지난 겨울 동안 무와 배추만 먹고 지내서인지 흙과 말똥이 잔뜩 묻어 있는 덜 익은 부추였지만 이것을 다듬기 시작하자 순식간에 돌집이 봄빛과 봄의 생기로 가득 찼다. 흰 줄기에 푸른 잎을 가진 부추는 몇 개월 동안 떨어져 있었던 따뜻한 봄바람, 작은 새의 짹짹거림, 녹고 있는 눈, 갈수록 길어지는 밝은 낮, 싹이 나고 있는 보리, 점점 빈번해지는 말과 나귀의 히이잉거리는 소리,

대자연의 구석구석마다에 숨어 약동하고 있는 웅장하고도 조그마한 사랑의 힘, 이런 것들과 하나가 되어 있었다. 이 모든 것들은 사람의 영혼을 두드린다. 설사 어떤 영혼은 그 두드림의 고통으로 인해 북처럼 찢길 수도 있지만, 그것들은 우리에게 기별을 전하고 희망을 가져다준다. 장쓰위엔의 경우도, 가난과 억압이 어린 시절을 짓눌렀고 피와 불이 청춘을 붉게 물들여버렸지만, 당과 당의 영도는 그의 길을 열어주었고 인민의 존경과 신뢰와 기대는 그의 발걸음을 재촉했다. 그는 충만한 희망과 낙관에 이미 익숙해져 있었다. 그해 봄 그는 무엇인가 새로운 변화가 있으리라고 예감했다. 이런 예감은 항상 드는 게 아니었다. 어린아이들도 시비를 가릴 줄 아는데 당이 그것을 하지 못하겠는가? 일생을 돌아보고, 앞뒤 좌우를 돌아보고, 역사와 현실을, 그리고 중국의 어제와 오늘을 돌아보고 또 내일을 전망해볼 때, 당은 분명히 위대했고, 영광스러웠으며, 결국에는 정확했다.

그것이 정말 예감이었나? 아니면 그 일이 있은 후, 그것을 예감한 것이라고 생각하는 것일까? 1966년 '적발〔揪〕'당했던 그날부터 그는 당시에 벌어지던 사건들을 받아들일 수 없었으며, 또 언젠가는 이미 벌어진 사건들이 부정(否定)되리라고 기대하지 않았던가? 그는 어제가 오늘보다 더 진실하고 또 내일은 까마득하기는 하지만 어제와 비슷해지리라는 희망을 갖지 않았던가? 또 이 '추(揪)'자는 무엇을 의미하는

가? 『사해(辭海)』를 찾아보면, '붙잡다' '붙잡아 꼼짝 못하게 하다'라고 풀이되어 있다. 이는 구체적이고 눈에 보이는 행동이다. 그러나 현재 말하는 '추(揪)'는 한편으로는 분명하면서도 또 한편으로는 모호한 의미를 가지고 있지 않은가! 특수한 정치 상황은 특수한 정치 언어를 만들어낸다. 요 몇 년은 언어 법칙에 대한 도전이었다. 스탈린의 언어의 안정성 이론이 도대체 아직도 유효한 것일까? 우리의 후세들은 오늘날 유행하는 새로운 어휘들을 이해할 수 있을까? 그들이 '포굉(炮轟)'과 '유작(油炸)', '고변참(靠邊站)'과 '잡란(砸爛)', '참대(站隊)', '모자는 군중의 손에 들려 있다(帽子拿在群衆手里)' 등의 말을 이해할 수 있을까?(이 말들은 투쟁과 비판 등 살벌한 분위기로 점철되었던 문화대혁명 시기 유행했던 말이다―옮긴이)

그래서 그는 전기(轉機)가 필요했다. 그는 출발선에 선 경주마처럼 너무도 긴장되어 있었다. 왜냐하면 이 모든 것들이 그의 일이기 때문이었다. 그는 이것들과 매우 밀접히 연관되어 있었다. 그러나 산촌의 생활은 분명히 그를 바꾸어놓고 있었다. 그에게 봄날에 부추를 다듬으면서 느끼는 기쁨은, 햇빛에 눈을 찔리는 것을 마다하지 않고 하늘에서 노래하는 종달새를 바라보며 봄날 처음 듣는 새 울음소리를 만끽하는 즐거움과 같았다. 그는 부추 속에서 잡풀과 말라버린 것을 세심하게 골라내고 있었다. 그는 뿌리 부근에 있는 더러운 껍질들을 신경을 써서 떼어냈다. 그는 싱싱한 부추의 맵고도 향기로운 냄새를 음미했다. 그는 치우원을 초청할 것인지를 결정하지 못했고, 이 때문에 고심하고 있었다.

무슨 소리가 들려왔다. 소 울음소리도 아니고 바람 소리도 아니며 동네 아이들의 소리도 아니었다. 트랙터, 아니 디젤 엔진 소리인가? 왜 소리가 점점 가까워지지? 자동차인가? 자동차가 길을 잃었나? 자동차를 타고 다니는 사람들은 존경을 받기는 하지만 군중들과 유리되어 있다. 하지만 언제나 자동차를 타는 사람은 있어야 한다. "딱딱딱," 고기를 다지기에는 아직 이른 시간인데? 어디에서 고기를 구했지? 계란은 두 개면 되겠지. 노란색 계란에다 기름에 볶은 초록색 부추라. 그러나 계란으로 소를 만들려면 기름이 있어야 하는데, 농촌에는 기름이 너무 적게 공급된다. "딱딱딱," 사실은 문을 두드리는 소리였다.

한 젊은이였다. 초록색의 군복과 빛나는 홍성(紅星). 젊은이는 반듯하게 서서 경례를 붙였다. 일어나면서 의자를 넘어 뜨리는 바람에 부추가 땅에 떨어져버렸다. 쫘당.

"장쓰위엔 동지:
4월 25일 전까지 성(省) 위원회 조직부에 나오십시오.
이상.
혁명 만세!"

이게 무슨 말이지? 동지? 내가 '동지'가 되었단 말인가? 조직부, 그곳은 중요한 기밀 부처여서, 항상 믿음직스럽고 경험 많고 신중한 동지들이 이끌어가는 곳이다. 이상 경례, 위대한 장성(長城)의 일원(一員)이 손을 모자 앞창에 갖다 붙인 채 서 있다. 도장은 혁명위원회 정치공작조의 핵심 소조 명의로 되어 있었다. 그는 도무지 이 기구의 명칭과 활동 내용을 알 수 없었고, 당 기구가 언제, 누구에 의해서, 왜 해체되었는지, 왜 혁명위원회라는 당의 핵심 소조가 당위(黨委)로 바뀌었는지, 지금 그가 가봐야 할 조직부가 원래의, 그가 잘 아는 당원들과 간부들에 의해서 지도되었던 바로 그 당위의 중요 부처인지도 알 수 없었다.

그러나 결국 그는 조직부에 가야 했다. 그때까지 그의 당 조직 활동의 복귀는 이루어지지 않았다. 그러나 그는 매달 당비를 부쳤다. 그에 대한 아무런 처분이 없었기 때문에 그는 당비를 내야 할 권리——의무가 권리로 바뀌었다——가 있었다. 그리고 정치공작조이건 핵심조이건 이를 거절할 리가 없었다. 그가 지금 매월 받는 급여는 그가 수령해야 하는 급여의 3분의 1도 되지 않았지만, 그는 자신의 원래 등급과 급여에 맞게 당비를 헌납했던 것이다. 이것은 또한 나는 여전히 고급 간부이고, 지금 내 급여의 3분의 1도 결코 당신들보다 적지 않다고 하는 그의 도전이었다.

"어서 앉으시오." 그는 따뜻하면서도 겸손하게 그를 모시러 온 군인 동지에게 앉기를 청했다. 요 몇 년 그는 새로운 홍색 정권 아래에서 일하는, 그리고 좌파를 지지하는 사람들을 우러러보는 데에 익숙해 있었다. 그 사람들의 급여는 그의 반도 되지 않지만, 그들은 자신보다 열 배, 백 배 더 위풍이 당당했다. 홍색 정권을 우러러보는 간부가 농민을, 그리고 '오칠(五七)' 전사, 재교육 청년을 동등하게 바라본다는 것이 기분 좋았다. 입 주위에 검은 수염이 막 돋아나기 시작한 젊은 해방군 동지는 앉지 않고서 말했다. "밖에 차가 대기하고 있습니다. 장쓰위엔 동지께서는 오후에 출발하실 수 있게 준비하실 수 있겠습니까? X주임께서 빠르면 빠를수록 좋다고 하셨습니다……" 젊은이의 말투는 부드럽고 깍듯해서 장쓰위엔은 과거 자신의 비서와 운전사가 생각났으며, 자신의 당 활동 경력과 직위가 생각났다. "이거—." 그는 "거" 자를 길게 늘여 뺐다. 늘여빼는 소리의 장단과 직위의 고저는 항상 정비례했다. 그는 지난 9년 동안 이렇게 말을 늘여빼면서 이야기하지 않았다. 내일이 어제를 향해 다가서리라는 희망이 생기는 것과 동시에 그의 말은 길게 늘어졌다. 하지만 결코 일부러 그런 것은 아니었다. 그의 얼굴이 갑자기 붉어졌다.

9년 동안 그의 마음은 고요한 호수와 같았다. 비록 호수 깊은 곳에서는 소용돌이가 일고 파동이 일었으며 화산의 폭발과 사멸이 있었지만 호수 표면은 시간이 지날수록 더 고요해졌다. 고요한 수면은 아름다웠고, 사람들이 거기에 자신의 모습을 비춰볼 수 있었다. 때로는 그림자가 실제 인물보다 더 매력적으로 보이곤 한다.

그를 맞으러 온 군인과 자동차는 호수에 입을 대고 바람을 불어대는 것에 지나지 않았지만 호수의 수면에 가볍게 동심원을 만들었다. 아무튼 호수의 자의식에 변화가 생긴 것이다, 호수가 이를 받아들이건 아니건과는 상관없이.

그는 자기의 도시로, 시 위원회의 작은 건물로 돌아왔다. 그는 새롭게 만들어진 홍색 시 위원회의 이인자에 임명되었다. "나의 조직 생활은 아직도 회복되지 않았습니다!" 그가 문제 제기를 했다. "일단 부임하시오!" 관련 상급자가 대답했다. 그 길이었고, 그 건물이었다. 회칠과 페인트칠이 9년 동안의 상처를 감추고 있었다. 나무 마룻바닥과 희게 빛나는 펜던트 등이 순간 그의 눈에 뜨거운 눈물을 고이게 했다. 다행히 아무도 그것을 보지 못했다. 잃어버린 천국, 그는 떠올리지 말아야 할 단어를 떠올렸다. 9년 동안 그는 나무 마룻바닥과 펜던트 등을 잊고 있었다. 5년 동안 돌로 만들어진 험한 산길과 그늘을 드리운 나무, 돌덩이와 돌판으로 지은 집, 그 집의 실내 바닥은 흙으로 돼 있어서 물을 적당히 뿌려야지 적게 뿌리면 먼지가 일어나고 또 많이 뿌리면 질퍽거린다는 것만을 알고 지냈다. 또 밤에는 석유등을 썼는데, 그것을 쓸 때 잊지 말아야 할 것은 덮개를 잘 닦아 빛나게 하는 것이었다. 처음에는 입김을 사용했다. 유리 덮개에다가 입김을 불어넣고 부드러운 손수건으로 닦았다. 한번은 유리가 깨져 하마터면 손가락을 다칠 뻔했다. 나중에 그는 경험을 통해서 백주(白酒)를 손수건에 적셔 닦는 방법을 배우게 되었다. 그 방법을 사용하자 유리가 무척이나 깨끗해져서 등을 켜면 온 집안이 대낮처럼 밝아졌다. 맑은 날이면 온 하늘에 별이 가득했다. 시골은 도시보다 별이 더 많았다. 뿐만 아니라 산이 지면보다 하늘에 더 가깝기 때문에, 별들은 도시 사람들보다 산촌 사람들에게 더 가까웠다. 그러나 그는 흐린 하늘과 비를 두려워했다. 그때 만약 치우원이 없었더라면 그는 아마 죽었을 것이다.

그는 이제 흐린 하늘과 비를 두려워하지 않으며, 어두운 밤도 두려워하지 않는다. 도시에는 밤이 없다. 차 안에는 흐린 하늘이나 비가 없다. 난방 장치가 잘된 관공서 건물과 숙소에는 겨울이 없다. 그러나 밤이 없으면 별 또한 없다. 흐린 하늘이나 비가 없으면 비 온 뒤 새롭게 태어나는 기쁨이 없다. 겨울이 없으면 하늘하늘 날리는 순결한 흰 눈도 없다. 하나를 얻으면 하나를 잃는 것이다.

수많은 옛 동지, 옛 친구, 옛 수하, 옛 동창들이 그를 찾아왔다. 이전에 순식간에 외로운 지경에 빠졌던 것처럼 그는 또 순식간에 사람들의 희망이자 주목받는 인사가 되었다.

"좀더 일찍 당신을 찾아오려고 했소. 그동안 당신 이야기를 여러 차례 들었지." 어떤 사람들의 말은 정말로 거짓이 아니었다. "한참이나 기다렸소. 이제 다른 사람들도 원직(原職)에 복귀하였으니 많은 사람들이 찾아오겠지, 일부러 그들을 막지는 마시오…… 오랜 친분이 있었으니 장서기도 우리를 잊지 않았겠지요?" 대충 이러했다. 특히 시 위원회의 사람들은 장쓰위엔에게 희망을 걸고 있었다. 장쓰위엔이 시 위원회의 지도자적 위치로 돌아오게 된 것은, 그들도 각자의 옛날로 떳떳하게 돌아갈 수 있음을 알리는 선성(先聲)이었다.

그러나 오늘이 파괴한 어제가 내일이라고 해서 예전대로 회복될 수는 없었다. 어떤 일파의 "주자파의 복귀를 경계하자"라든지, 이보다 좀더 부드러운 것으로 "새 신을 신고 낡은 길을 가는 것에 우리는 찬성하지 않는다"라고 하는 유의 표어가 때로 그를 자극했다. 또 그가 잘 알고 있던 것들의 이면에 전혀 어울리지 않는 생소함이 존재함을 알게 됐다. 공중 버스들은 종점에 모여서 전혀 발차를 하려 하지 않았고, 버스 정거장에서 차를 기다리는 사람들은 고개를 빼고 서로를 멀뚱히 바라보고만 있었다. 기사들은 한데 모여 포커를 치면서 '추궁'을 받지 않으면 절대로 차를 운행하지 않았다. 도처에 표어, 구호, 대비판(大批判), 열렬한 환호였다. 제과점이 혁명영도소조(革命領導小組)가 된 것도 '마오쩌둥 사상의 위대한 승리'였다고 말했다. 황색 종이에 홍색 글씨(이 두

색은 경축을 의미하고, 흰색 바탕에 검은 글씨는 성토와 공개 비판을 의미한다)로 눈에 잘 띄게 써놓은 표어 아래에는 치우지 않은 쓰레기와 구걸하는 어린애들이 있었다. 미화원도 청소를 하지 않았다. 거지와 거짓말이 엄청 늘어 있었다. 곳곳에서 술을 마셔댔으며 호객하는 소리, "꺼랴하오, 빠시엔쇼우(哥倆好, 八仙壽: 중국 사람들은 술 마실 때 가위바위보를 하여 술 먹기 내기를 하는데, 이때 외치는 소리—옮긴이)"를 외치는 소리가 넘쳐났다. '비림비공(批林批孔)'때에 한 좌파 인사가 이 가위바위보의 구령으로 쓰이는 말에 유가 사상이 담겨 있다고 주장하자, 또 다른 좌파 인사가 '일원화(一元化), 삼결합(三結合), 오성홍기(五星紅旗), 팔로군(八路軍)……' 하는 식의 새로운 구령을 개발하여 이를 대신했다는 말도 있었다. 황당한 사실들이 현실로 바뀌었고, 현실은 가위에 눌려 있었다. 수억의 사람들이 무좀약이나 치질약을 보약으로 생각하고 뱃속으로 털어 넣었던 것이다.

시 위원회도 이전의 시 위원회가 아니었다. 매일 시 위원회의 문으로 출근할 때면 심장이 철렁했다. 내가 길을 잘못 들지는 않았나? 내가 정말 맞게 온 것인가? 이곳은 어디지, 내가 매 맞으러 가는 것은 아닌가? 시 위원회의 팻말은 더욱 화려한 것으로 바뀌어 있었다. (원래 있던 팻말은 누군가가 자기 집 장롱을 만들려고 가져갔고, 팻말을 만드는 데 쓰는 오합판(五合板)은 시장에서 구할 수 없었다고 한다) 그래서 경비원을 증강시켜 경비가 삼엄해졌다. 물론 이것은 당연히 필요한 것이었다. 그런데 공산주의 청년단 시 위원회와 여성연합회의 입구에도 총을 든 사람이 서 있었다. 한 번은 우연히 두 경비원이 경계 근무는 하지 않고 전사들의 역을 맡아 양판희(樣板戲: 문혁 때 주로 공연되던 연극의 한 형식—옮긴이)의 대화를 흉내내는 것을 들었다. "……이 둘은 무슨 보배인가?" "준마와 보검이지" "말은 무슨 말?" "취우박마(吹牛拍馬: 허풍과 아첨을 의미한다—옮긴이)" "칼은 무슨 칼?" "양면삼도(兩面三刀: 위선을 떨면서 상대를 여러 가지 방법으로 괴롭히는 것—옮긴이)."

'새로운 사물'들이 많아지고 있었다. 자동차는 세 배가 증가했어도 여전히 부족했다. 부장직(副長職)이 다섯 배나 증가했기 때문이었다. 조직과(組織科)는 과장은 4명인데, 간사는 1명밖에 되지 않았다. 도처에 매화당(梅花黨) 이야기, 장강대교(長江大橋)의 비적 이야기, 인어 이야기, 시체가 관에서 기어나왔다는 이야기, 또는 파벌과 정파들 간의 암투에 관한 이야기 등 거짓말과 유언비어가 들끓었다. 당의 조직 생활이 완전히 붕괴되었고, 더욱이 이제는 무슨 비판이나 자아비판 같은 것마저 진행할 수 없었다. 공적인 일을 사적으로 처리하고, 사적인 일을 공적으로 처리했다. 사업 때문에 오는 사람은 사적인 소개서를 가져와야 했고, 사적인 일을 처리하기 위해서 교묘하게 공적인 명목을 갖다 붙였다. 또

두 눈을 똑바로 뜨고 아무렇지도 않게 당표(黨票), 관직, 권리 등을 요구했다.

이렇게 계속된다면 우리의 당과 우리의 국가는 완전히 엉망이 되지 않겠는가? 생각이 여기에 이르자 그는 냉열병(冷熱病)이 생기는 듯했다. 장쓰위엔은 어느새 온몸을 부들부들 떨며 이를 딱딱 부딪히다가 또 어느새 온몸의 구멍 구멍에서 김이 나며 근심으로 애간장이 타는 듯했다. 게다가 그의 상급자인 제1 서기는 남의 약점을 공격하고 음모를 꾸미는 장기(長技)를 묘기 부리듯 쏟아내는 인물이었다.

메이란도 그를 귀찮게 했다. 그녀는 재혼을 요구했다. 여러 차례 보내온 편지에 장쓰위엔은 답장을 하지 않았다. 전화로 이야기할 때 장쓰위엔은 대답했다. "필요 없소." 그는 수화기를 걸개에 걸어놓고 앵앵거리는 소리에 신경을 끊었다. 하루는 퇴근하여 집으로 돌아왔을 때, 맙소사, 메이란이 집에 와 있었다. 아마 그녀는 문을 따고 들어왔을 것이고 다른 사람들은 그녀를 감히 막지 못했을 것이다. '복벽' 후 전권(全權)을 되찾은 여주인처럼 그녀는 침대 시트를 끌어내려 세탁할 준비를 하고 있었으며, 침실에다가 플라스틱 조화 두 송이를 갖다 꽂아두었다. 장쓰위엔은 아무 말도 하지 못하고 사무실로 돌아와버렸다. 이때 그는 시 위원회 정문의 삼엄한 경비에 진심으로 고마움을 느꼈다. 그는 문건 한 덩어리를 집어 들었다. 전부 "큰 비판은 큰 변화를 재촉한다(大批促大

變)"는 내용이었다. 아마 대변(大便: 중국어로 大便과 大變은 소리가 같다—옮긴이)이나 재촉하겠지? 무슨 반조류(反潮流)라느니, 무슨 법권이라느니, 전면 독재, 유생산론(唯生産論)이라느니, 교육 혁명의 형세가 조금 훌륭한 것도 아니고 아주 훌륭하며 게다가 갈수록 좋아진다느니 하는 문건들이었다. 그는 위산이 넘어오는 것 같았다. 위가 오그라들었고 분문(噴門)도 오그라들었다. 각종의 새로운 단어들과, 말도 안 되는 소문들, 혁명 가위바위보의 구령 소리, 메이란의 하얗고 큰 감떡같이 생긴 얼굴이 빙빙 돌았다. 마치 칼처럼, 폭탄처럼, 안개처럼, 연기처럼, 바람처럼, 전기처럼, 상표처럼, 고약처럼, 제갈공명의 살아 있는 듯한 창포 부채처럼.

어제로 돌아가는 것은 불가능하다. 그의 여생은 내일을 위한 것이다. 반드시 내일을 구해야 한다.

치우원秋文

그때 그는 뇌우 속에서 미끄러져 넘어졌다. 장쓰위엔은 깨어나서야 자기가 공사(公社) 병원의 병실에 누워 있음을 알았다. 근방에서 이름난 여의사 치우원이 그를 직접 돌보고 있었다. 그는 넘어질 때 요추(腰椎)를 삐었고, 비를 많이 맞아서 호흡기 질환이 폐렴으로 악화됐다.

장쓰위엔은 산촌에 온 지 며칠이 안 되어 치우원을 알게 되었다. 그녀는 상하이 의과대학을 졸업하였고 나이 40여 세에, 큰 키와 커다란 눈, 길고 둥근 얼굴, 칠을 한 듯 검게 빛나는 머리칼을 가지고 있었다. 그녀는 머리칼을 뒤로 돌려 둘둘 말고 있었는데, 그런 스타일은 농촌에 학습 온 부인네들의 쪽진 머리와 비슷했으나 그녀의 머리는 오히려 유난히 소탈하게 보였다. 옷은 항상 먼지 하나 없이 깨끗했으며 산길을 걸을 때 걸음걸이가 나는 듯했다. 문화대혁명기의 이런 촌구석에는 어울리지 않는 인물이었지만, 그녀는 항상 무척이나 상냥했으며 뿐만 아니라 농촌의 남녀노소 모두와 사이가 좋았다. 그리고 그녀는 농민이 권하는 담뱃대를 받아서 두어 모금 빨 줄도 알았고 또 결혼식이나 호사 때 농민들이 권하는 술잔을 받아 기꺼이 마시기도 했다.

그녀는 남편과 이혼하고 혼자서 딸아이를 데리고 이 산촌에서 산다고 했다. 원래 농촌 생활은 이런 독신 여성에게 어려운 것이었지만 그녀는 이곳 사람들과 잘 지냈다. 보이지 않는 곳에서라도 그녀를 욕하는 사람은 하나도 없었다.

처음에 장쓰위엔은 그녀에게 좀 색다른 데가 있다고 생각했지만 그녀를 별로 좋아하지 않았다. 그러나 그녀가 상당한 미인이라는 사실은 인정하지 않을 수 없었다. 그는 그녀의 목소리가 좀 크며, 말하는 것이나, 돌아다니는 것, 그리고 담배 피우는 것과 술 마시는 것도 좀 지나치다고 생각했다. 그러나 그녀의 의술은 훌륭했고, 농민들과 사이도 좋았다. 그래서 장쓰위엔은 그녀를 볼 때마다 매번 예의 바르게 아는 체를 했다. 나중에 그는 똥똥이 책을 빌리러 간다는 핑계로 항상 치우원이 있는 곳을 찾는다는 것을 알게 되었다. 독불장군처럼 살 수는 없는 것이었다.

"헛소리를 많이 하더군요." 치우원은 가볍게, 그러나 평소와는 다른 톤으로 말했다. "생각이 너무 같으신 것 같네요. 대간부님." 마스크에 가려 있었지만 장쓰위엔은 치우원의 입가에 웃음 띤 모습이 보이는 것 같았다. 그녀의 눈도 역시 미소를 담고 있었다. 이런 미소는 이해와 슬픔, 슬픔을 응결시킨 차가운 자신감을 가득 담고 있어 눈 내리는 하늘 속의 횃불이나, 하늘과 바다의 끝에 걸린 흰 돛, 달빛 아래 홀로 서 있는 한 그루의 호두나무 같은 것을 생각나게 한다. 남자 같은 기질과 걸쭉한 입담, 이리 흥 저리 흥하는 성격을 가진 여의사는 도대체 어디로 사라졌는가?

"평범한 사람이 되어보는 것도 나쁘지 않아요." 그녀는 또 한 차례 같은 병실의 다른 사람들은 아랑곳하지 않고 이렇게 말했다. "그렇지 않았으면, 신문에서 하향(下鄕)이 뭐가 어떻다, 간부들의 조사 연구 사업이 어찌어찌 잘못됐다고 아무리 떠들어대도 모르는 체하면서, 당신네들의 작은 건물에만 숨어서 실상을 보려 하지 않을 것 아니에요? 그렇지요? 말해봐요. 장씨!"

장쓰위엔은 항의하고 싶었다. 그에게는 작은 건물이 없고, 지금은 집조차 없다. 그러나 장씨라는 호칭은 어렸을 적 어머니가 그를 "이 녀석아" 하고 불렀던 것 같은 따스함을 느끼게 했다. 장쓰위엔이라는 이름(시골에서는 이런 이름을 '정식 이름'이라고 했다. 사실 이런 이름은 관직에 나갈 필요가 있을 때부터나 사용한다)은 돌처럼 딱딱했다. 사람은 어머니가 필요하고, 허물 없이 친한 친구가 필요하며, 보살핌과 이해, 동정이 필요하다. 그래서 치우원이 "이 약을 잘 챙겨 드시고 물도 많이 마셔야 빨리 나을 수 있어요"라고 말했을 때, 그는 무척이나 편안함을 느꼈다.

똥똥은 매일 그에게 밥, 국수, 계란 부침, 감자탕, 좁쌀죽 등을 가지고 왔다. "아버지, 그렇게 화내지 마세요." 똥똥이 말했다. "전 단지 일기장에다 불평을 터뜨린 것뿐이에요. 불평하기 좋아하는 사람은 사실 어쩔 수 없다고요. 그날은 제가 잘못했습니다. 리따쟈오(李大釗)와 팡즈민(方志敏) 같은 사람은 저도 영원히 존경할 거예요. 요즘 전 사는 것이 어렸을 때 생각했던 것처럼 그렇게 아름답지 않다고 생각해요. 그래도, 사는 게 지금 제가 생각하는 것처럼 그렇게 나쁜 것만은 아니라는 건 잘 알아요."

"너, 너 변한 거니?" 장쓰위엔은 놀랍기도 하고 기쁘기도 했다.

"변했다고 말할 수는 없어요. 아버지께서 절 완전히 이해할 수 없는 것처럼 저도 아마 아버지를 완전히 이해하지는 못할 거예요. 사람들 사이의 벽은 영원히 없어지지 않아요. 그래서 네가 날 잡아먹지 않으면 내가 널 잡아먹는다는 식으로까지 전락하는 거겠지요."

"근데 왜 매일 나에게 밥을 날라다주느냐?"

"치우원 아주머니가 절 오게 했어요. 아주머니는……" 똥똥은 다음 말을 계속해야 할 것인가를 결정하지 못한 듯 잠시 망설였다. "치우원 아주머니가 아버지도 쉽게……."

"너 그분과 내 이야기를 했느냐?"

"했어요."

"네 어머니 이야기도?"

"예."

"또 무슨 이야기를 했느냐?"

"다요. 왜요? 하지 말아야 할 짓이라도 한 건가요?" 똥똥의 말투가 다시 거칠어졌다.

"아니다. 별 뜻은 없다."

장쓰위엔, 아니 장씨는 똥똥을 통해서 치우원의 사정을 조금 알게 되었다. 치우원의 전 남편은 1957년에 '극우파'로 낙인찍혔고, 지금도 여전히 노동 개조 농장에 있다고 했다. 똥똥은 그녀가 딸아이의 앞길을 위해서 남편과 이혼을 했지만, 사실은 아직도 그가 풀려나기를 기다리고 있다고 말했다. 1964년 '사청(四淸)' 때의 공작대와 1970년 '청대(淸隊)' 때의 선전대가, 그녀가 마음에 들지 않자 담당조를 편성해서 그녀를 조사하려 한 적이 있었다. 그러나 사원(社員)들과 기층의 간부들이 모두 그녀를 믿고 따랐다. 그녀는 직접 공작대와 선전대를 찾아가 자기의 모든 것을 숨기지 않고 당당하게 밝히고, 그녀에 대한 의구심을 풀어버렸다.

그녀는 보호색을 가지고 있나? 그녀는 분명히 다른 곳에서부터 옮겨 심겨진 나무였지만 물과 흙에 훌륭히 적응했고, 또 이곳의 다른 식물들과는 완연히 다른 자신의 개성도 유지하고 있었다. 그녀는 상냥함 뒤에 청고(淸高)함을 지니고 있었고, 수다 뒤에 깊은 고민을 숨기고 있었으며, 잘 웃고 낙천적(약간 어리숙하기도 하다)인 성격 뒤에는 십자가를 짊어진 듯한 부담을 안고 있었다.

그러나 그것들은 단지 보호색만이 아니다. 청고함의 이면에는 분명히 진심에서 우러나오는 이타심이 있었고, 깊은 고민의 이면에는 분명히 어디에도 거리낌이 없는 장부의 기질이 있었으며, 십자가를 짊어지고서도 그녀는 여전히 적지 않은 삶의 기쁨을 맛보고 있었다. 그녀는 시골의 젊은 남녀의 결혼과 연애에 관심이 많아서, 그들을 위해 고생하는 것과 원망을 듣는 것을 마다하지 않고 믿을 만한 신식 매파가 되어주었다. 만약 자신을 보호하려고 한다면 그녀의 웃음소리가 그렇게 진실하고 그렇게 어리숙할 수 있겠는가?

그러나 그녀는 장쓰위엔과 이야기할 때는 평소와는 다른

어조를 사용했다. "우리의 생활을 잘 이해해야 합니다. 복직되고 나서 산촌 사람들을 잊으면 안 돼요!" 장쓰위엔은 손을 내저으면서 '복직'에는 추호의 관심도 없음을 표시했다. 그러나 치우원은 물러서지 않았다. "손 내저을 필요 없어요. 내가 당신이라면 조금이라도 빨리 되돌아갈 수 있도록 노력하겠어요. 한 달이면 그렇게 많은 돈을 벌 수 있는데, 여기에서 괭이자루만 만지고 있겠다고요? 당신은 복직은 말할 것도 없고 엄청난 관운(官運)이 따를걸요!"

"갈수록 말도 안 되는 소리만 늘어놓는군요." 장쓰위엔은 고개까지 흔들었다.

"당연한 거예요. 자연사에다가 숙청까지 겹쳐서 정말 경험과 능력을 두루 갖춘 일 잘하는 간부들이 갈수록 줄어들고 있어요! 당신들만 적어지는 게 아니라 우리 같은 대학 졸업자들도 갈수록 줄어들고 있어요. 10년 동안 다시 교육 혁명이 계속돼서 중국인들이 모두 문맹이 되는 날에는 소학교 졸업자들이 성인(聖人) 노릇을 할걸요! 그러니 당신들 같은 대간부들은 눈에 불을 켜고 찾아봐도 쉽게 찾을 수 없는 보물이 된 거라고요! 솔직히 말해봐요, 당신은 이 나라를 보따리에 싸서 처박아 둔 것처럼 잊어버릴 수도 없고, 또 머리만 긁적거리면서 곡괭이질밖에 할 줄 모르는 농민들에게 아무렇게나 나라를 맡길 생각도 없을걸요? 중국은 아직도 당신들의 지도에 의지할 수밖에 없어요. 당신들이 제대로 다스리지 못한다면 산촌 사람들이나 산촌 밖의 사람들이나 모두 이를 갈면서 당신들을 욕할 거예요!"

장쓰위엔은 눈이 번쩍 뜨이고 가슴속이 환해졌다. 나라를 다스리고 당을 다스리는 일은 거절할 수 없는 그들의 임무이다. 일은 언제나 차질이 발생하고, 또 생각지도 못했던 방향으로 전개되곤 한다. 치우원이 정치를 꿰뚫고 있다는 사실은 생각지도 못했다. 그러나 내가 그날을 기다릴 수 있을까? 온종일 떠들어봐야 지구는 예전대로 돌아가고 있지 않는가? 나는 이미 사회 생활이라는 궤도를 벌써 몇 년이나 벗어나 있지 않았는가?

치우원의 말이 효력을 발생하기까지는 오랜 시간이 걸리지 않았다. 1975년 장쓰위엔은 부추를 다듬다가 시 위원회로 불려 갔다. 1977년 '사인방(四人幇)'이 타도된 후, 장쓰위엔은 성 위원회의 부서기로 승진하였다. 1979년에 장쓰위엔은 다시 베이징으로 발령을 받아 국무원 어느 한 부처의 부부장 직을 맡게 되었다.

산촌 가는 길 上路

그는 마침내 겉이 미끈한 '부장 건물'을 잠시 떠났다. 이 고층 건물은 부부장 이상의 간부를 위해 제공된 것이어서 사람들은 이를 부장 건물이라고 불렀다. 이 건물 앞에는 언제나 수많은 자동차들이 몰리며, 일반인들은 경비병의 제지 때문에 근처에 가까이 갈 수 없었다. 이미 이곳에 사는 데 습관이 된 사람이 이곳을 떠난다는 것은 그리 쉬운 일이 아니었다. 비록 산촌에 다니러 가는 것이 오래전부터 계획되었고, 또 이미 오래전부터 다짐을 했던 일이었지만 장쓰위엔은 여전히 발걸음을 쉽사리 뗄 수가 없었다. 사는 데 이미 익숙해진 곳, 그리고 자기가 있어야 할 생활의 궤도를 벗어나야 한다고 생각하자 그는 불안했으며, 약간이나마 걱정이 되기까지 했다. 마치 하루에 꼭꼭 세 끼씩 챙겨 먹던 사람이 갑자기 하루에 두 끼 아니면 네 끼를 먹게 된 것처럼, 물고기가 갑자기 육지로 구경 나갈 준비를 하는 것처럼. 오늘 저녁엔 여기에 누워 있지만, 내일 저녁, 모레 저녁, 또 그 다음 날의 저녁에 난 어디에 누워 있게 될까? 떠나기 전날 밤, 장쓰위엔은 뒤척이며 잠을 이루지 못했다. 만류하며 손과 다리와 옷자락을 잡아끄는 소리가 들리는 것 같았다. 지금 매우 만족스럽지 않은가? 예순 살에 가까운 나이에 당정(黨政)의 요직을 맡고 있다. 당신의 열정과 상상, 과단은 이제 불필요하며 또 용서할 수 없는 죄이다. 왜 사서 고생을 하려는가?

그러나 그는 결국 부장 건물을 떠났다. 게다가 비행기, 기차의 일등칸을 마다했고 비서가 장거리 전화를 걸어 그곳의 고급 간부로 하여금 그를 접대하게 하는 것 또한 마다했다.

비서는 여러 차례 그를 설득했고, 그의 고집이 유치하고 무의미하며 인정에도 맞지 않을 뿐만 아니라 비정상적이기까지 하다는 의견을 암시적으로 드러냈다. 비서는 거의 이런 말까지 할 뻔했다. 혹시 정신에 이상이라도 생기신 것 아니십니까?

그는 침묵으로 비서를 압도했다. 지금, 기차는 「축주가(祝酒歌)」라는 노래가 울리는 가운데 움직이기 시작했다. 비서와 운전사 그리고 그의 검은색 지무 자동차가 그에게서 멀어졌다. 기적 소리가 유쾌하고 시원하게 울려 퍼졌다. 기차의 바퀴 소리도 철커덕 철커덕 힘이 넘친다. 쇠 부딪치는 소리는 사람의 정신을 번쩍 들게 한다. 리꽝시(李光羲)의 "친구여, 건배"라는 노랫소리에 여승무원의 딱딱하고 빠른 말투가 더해진다. "이거 누구 짐이에요?" 장쓰위엔은 눈을 감았다. 화가 난 아줌마가 장난꾸러기 아들의 볼기짝을 때렸다. 그러자 아이는 리꽝시와 악쓰기 시합을 시작했다. 장쓰위엔은 눈을 떴다. 햇빛이 차량 가득히 뿌려지고 있었다. 바람에 그의 희끗한 머리칼이 날렸다. 어떤 사람은 차창을 두드리고 있었다. 그는 홀가분하고 자유로웠다. 나는 또 나비가 된 것일까?

"표 줘요!" 여승무원이 그에게 손을 내밀며 명령 투로 말했다. 철도 승무원의 남색 모자 아래로 젊고 참을성 없어 보이는 얼굴이 드러났다. 만약 일등칸이었다면 그녀는 다른 말투를 썼을 것이다. 매우 재미있는 일이다. 장쓰위엔은 차표를 꺼내 보였다. 이제 철도 승무원의 제복이나 해방군의 군복을 바꾸어야 할 때가 된 것 같다. 근래 2년 동안 사람들의 의생활은 많이 향상되었다. 그러나 제복과 군복은 아직 옛날 그대로였다. 원래 이런 제복, 더욱이 군복은 강한 흡인력이 있어야…….

단추를 잠그지 않은 채로 앞가슴을 풀어헤친 빨간 코의 뚱보 한 사람이 비틀거리며 그의 옆으로 와 앉았다. 뚱보의 엄청난 체중에 침대 쿠션이 뿌욱 하는 소리를 냈다. "카드놀이나 하고 놀까요?" 뚱보의 말투에는 교동(膠東) 반도의 사투리가 섞여 있었고, 입에서는 매운 파 냄새가 났다. 만약 일등 열차…….

만약 일등칸이었다면 이보다 더 나았을 것이다. 물론이다. 그러나 이런 생각은 아주 미미하게 스쳐 지나갔을 뿐이었다. 그의 눈앞에서 햇빛이 번뜩였다. 그는 이런 차량이 좋고, 표정이 굳은 열차 승무원 아가씨가 좋았다. 봐라, 그녀는 또 바닥을 닦고 있다. 얼마나 고생스럽겠는가! 그는 자기 머리 위 가운데 칸 침대와 맨 위 칸 침대의 해방군 전사가 좋다. 그들은 차가 움직이기 시작하자마자 잠에 곯아떨어졌다. 젊었을 때는 잠자는 것이 얼마나 달콤했던가! 그는 앞자리에 앉아 한 갑에 2마오나 하는 고급 담배를 피우는 간부가 좋았다. 이 간부는 끈덕지게 그에게 담배를 권했다. 아무리 사양을 해도 어쩔 수 없었다. 왜 담배와 술을 그렇게 부정적으로만 보는가? 이 동지가 담배를 권하는 것은 그에게 무언가를 청탁하는 종류와는 의미가 사뭇 다르다. 또 아이를 데리고 탄 어머니와 차 속을 이리저리 뛰어다니면서 낯선 사람들을 '아저씨'라고 부르며, 재롱을 펼쳐 보이는 아이도 있었다. 아이가 있으면 삶이 많이 달라진다. 똥똥은 사람과 사람 사이의 벽에 대해서 말하였지만, 그러나 사람과 사람은 서로 친해질 수도 또 사랑할 수도 있다. 그렇다. 1975년 사업에 복귀한 뒤로 지금까지 4년 남짓이 흘렀다. 힘겹고 당황스럽고 실망스러워 때려치우고 싶던 처음 1년, 어렵게 어렵게 다시 적응해 기쁨과 슬픔 속에서 정신이 없었던 다음 1년, 번거로운 분쟁이 끊이지 않았지만 분명하게 그리고 굳건하게 앞을 향해 매진했던 나머지 2년. 그날들을 회고하면서 그는 이런 변화의 거대함과 급속함에 놀라지 않을 수 없었다. 손을 대어 바꾸어야 할 현실을 대면하면서 그는 마치 정신이 마비된 듯 어물쩍거리는 이들에게 화가 났다. 그는 매우 바빴다. 그동안 그는 이등칸에 탄 보통 사람들과 함께할 수 있는 기회가 매우 적었다. 설사 그가 기층으로 내려가고 군중들 속으로 들어간다 해도 그의 위치는 다른 사람들과 달랐다. 그러나, 그는 그런 식으로 산촌에 내려갈 수 없었고, 앞뒤로 호위를 받으면서 기세당당한 높은 간부의 모습으로 똥똥과 치우원 앞에 나타날 수도 없었다. 만약 그가 그렇게 한다면 그것은 그들을 속이는 것이고, 스스로가 자신을 똥똥, 치우원의 곁에서 멀어지게 하는 것이다. 비록 그는 자신이 자동차를 타는 것이 그의, 혹 다른 누구의 잘못도 아니라는 것을, 또 그가 '부장 건물'에서 살거나 또 일등칸에 타는 것이 결코 질책 받을 일이 아니라는 것을 알고 있었으며, 평등주의라는 게 원래는 현실에 맞지 않는 환상이라는 것도 알고 있었지만, 그러나 그는 보통의 노동자들보다 더 편한 방식으로 산촌에 내려갈 수 없었고, 또 감히 그걸 바라거나 생각지도 못했으며, 또 그렇게 하면 안 되었다.

가만히 생각해보면, 비록 딱딱하기는 하지만 침대가 갖춰져 있는 보통칸도 역시 평등주의자의 마음을 불편하게 하기는 마찬가지이다. 더 많은 사람들이 침대도 없고 딱딱한 의자만 마련된 삼등칸을 이용한다. 적지 않은 사람들이 이런 자리에서 출발역에서 종착역까지 70여 시간의 여정을 수행한다. 중국인의 인내력과 근성, 고통을 감내하는 능력은 정말 세계 제일이다. 그런데 왜 이렇게 많은 사람들이 딱딱하기는 하지만 그래도 침대가 갖추어진 이등칸을 이용하지 못하는 것일까? 30년이 지났다. 창피하지 않은가? 일에 더욱 많은 노력을 기울여야 되지 않겠는가? 매 기차역마다 보이는, 광주리를 지고 보따리를 인 채로 노인네와 아이들을 데리고 차에 오르고 내리는 사람들을 좀 보아라!

그들이 바로 장씨, 리씨, 왕씨 그리고 류씨 들이다. 그는 앞으로 2주일 동안 장씨가 될 것이다. 사업에 복귀한 뒤, 그는 항상 산촌 장씨의 생활을 생각했다. 그리고 어떤 때는 또 다른 장쓰위엔, 또 다른 자신, 즉 장씨라고 불리는 내가 여전히 그곳, 멀고 아름다우며 비와 눈이 많이 내리고, 풀과 나무가 많으며 새와 벌이 많은 산촌에서 생활하고 있지 않을까, 그가 고개를 낮추어 지무 자동차에 올라탈 때 그 장씨는 새들이 우는 산속에서 나무를 하고 있는 것은 아닐까, 그가 회의를 하면서 에—에—에— 하고 소리를 길게 늘여빼고 있을 때 그 장씨는 땅바닥에 앉아 휴식을 취하며 농민들이나 그 부인네들하고 우스갯소리를 하고 있지 않을까 하고 자문해보기도 했다. 그는 완전히 허세로 '에—' 하고 소리를 늘여빼는 것은 아니었다. 복잡한 사업이나 사상, 인식의 문제에 대해서 의견을 발표할 때 그의 말은 분명하고 정확해야 하고, 또 그는 반드시 자기가 말한 한 글자 한 글자와 표점 부호 하나하나에까지 책임을 져야 한다. 따라서 그는 한편으로 생각을 해가면서 이야기를 해야 했다. 또 그는 자신의 발언이나 지도를 듣는, 혹은 장부부장이라는 사람의 지시를 받는 사람들이 내용을 이해하고, 곱씹으며 소화할 수 있도록 시간을 주어야 했다. 이러한 것들이, '에—' 하고 소리를 늘여빼는 행동이 없어서는 안 되며, 또 사실 매우 자연스러운 행위라는 것을 설명해준다. 또 다른 장쓰위엔-장씨는 '에' 하고 소리를 늘여빼지 않는다. 그의 말은 빠르면서도 정확하다. 그는 장부부장보다 더 젊고 건장하다. 장부부장이 외빈(外

賓)을 초대한 연회에 참석할 때, 옷을 정갈하고 예의 바르게 차려 입고 외빈들에게 음식을 대접할 때, 우싱(五星) 맥주와 베이삥양(北氷洋) 사이다, 퉁화(通化)의 적포도주와 마오타이주, 라오산(嶗山)의 광천수와 샤오싱의 황주(黃酒)를 마음대로 먹고 마실 때, 또 하나의 '나'는 연기가 채 빠지지 않은 조그마한 돌집에서, 석유등 불빛 아래에서, 미적지근한 부뚜막 옆에서, 망치질을 잘못하는 바람에 약간 기울어진 작은 의자 위에서 묵은 장아찌를 곁들여 산촌의 사람들이 좋아하는 도기로 된 큰 대접에다, 침 넘어가게 하는 붉은 콩과 백예두(白藝豆), 녹두, 강두가 섞여 심폐를 따뜻하게 해주는 걸쭉한 옥수수 알갱이죽을 담아 꿀떡꿀떡 마시고 있지 않을까? 묵은 장아찌는 '묵었다'는 것만으로 가치가 있다. 촨푸 형님은 항아리 속의 장아찌를 민국 18년에 담갔다고 했다. 민국 18년에 장아찌를 담은 후로 매년 여름에 한 차례씩 다리고, 또 매년 가을에 채소와 소금, 물을 더해서 지금까지 묵혀두었다고 했다. 장부부장이 인사 문제(지금처럼 인사 문제가 그에게 그렇게 많은 정력을 요구한다면 앞으로는 정말 참기 힘들 것이다)를 처리할 때, 적당한 용어를 생각해내기 위해 고심할 때, 원칙을 견지하고 또 관계를 고려하며, 사업에 도움이 되는 방향을 모색하고, 어디에서 닥쳐올지 모르는 갖가지 공격들을 막아낼 방법을 찾고 있을 때, 그 장씨는 촨푸 형님이 이야기하는 그 집 장아찌의 유구한 역사를 재미있게 듣고 있지 않을까?

지금, 그는 장부부장을 베이징에 남겨두었다. 장부부장으로 하여금 아직 마치지 못한 회의를 마치게 하고, 아직 다 보지 못한 문건들을 마저 보게 했다. 10년의 혼란기를 지나고 장부부장은 당과 인민의 생각을 따라 열심히 사업을 수행했다. 그는 자기의 사업이 인민들에게, 산촌에, 장씨와 촨푸 형님에게 좋은 결과를 가져다주어야 한다는 생각을 한시도 잊지 않았다. 다소의 결함이 있음을 인정하더라도, 현재의 정책이나 현재의 사업보다 더 이상적인 정책이나 인민들에게 더 유리한 사업이 있다고는 생각하지 않았다. 만약 장씨와 이야기해야 한다고 할지라도 장부부장은 결코 불안하지 않을 것이다.

그는 앞자리의 동지가 권한 독한 궐련을 건네받았다. 그리고 약간은 겸연쩍게 필터가 달린 '중화(中華)' 담배를 꺼내 앞자리의 동지에게 건넸다. 하지만 이는 결코 이상한 일이 아니었다. 요즘은 견습공들도 밖에 나갈 때는 항상 두 갑의 담배를 가지고 나가기 때문이다. 이를 일러 '명품을 권한다'라고 한다. 이등 열차칸의 아래 칸 침대라는 위치가 이미 그의 사회적 위치를 결정지었으니 이를 의심받을 리 없었다. 그는 포커 놀이를 하자는 입에서 파 냄새가 나는 뚱보의 제안을 받아들였다. 뚜웨이지아(對家), 헝쑤와이(甩), 커우띠(摳底), 만펀셩지(滿分升級)(중국의 포커 놀이에서 사용되는

용어이다—옮긴이). 반도, 삼반분자라는 오명을 쓴 후에야
비로소 그는 카드 놀이나 장기 두는 법을 배웠다. 그는 또 마
치 이번 여행이 끝나면 철도 운수부에 파견되어 업무 지도를
담당할 사람인 듯이 다른 할 일 없는 여행자들과 마찬가지로
열차 운행 시간표를 열심히 들여다보며 연구했다. 그는 이리
저리 뛰어다니는 아이들을 막고서는 사탕을 나누어주면서
장난을 걸기도 하였다. 그는 원래 기차에서 책을 좀 읽을 생
각이었다. 그러나 책 꺼내는 것을 계속 방해받았다. 그래도
좋았다. 장씨는 뭇사람들과 평등하게, 뭇사람들과 똑같이,
무언가 책임을 져야 하는 일이 없었기 때문에 마음이 급할
이유가 없었다. 촨푸 형님은 이런 말씀을 하신 적이 있었다.
사람은 결국 죽기 마련인데, 일을 급하게 처리하는 것은 죽
음에 바삐 다가가는 것과 같고, 일을 천천히 급할 것 없이 처
리하는 것은 느릿느릿 죽음에 다가가는 것과 같다는 말이었
다. 정말 고견인 것 같다. 장씨는 홀가분하면서도 자유롭고,
솔직하면서도 순박하지만, 그러나 역사라는 긴 강물에서는
물결에 따라 이리저리 휩쓸릴 뿐 아무런 일도 이루지 못하는
미미한 존재에 불과하다. 하나를 얻으면 하나를 잃는다. 다
만 상실의 대가가 크게 느껴질 뿐이다.

사소한 일이라 말하기는 뭐하지만, 이런 여행을 선택한 대
가로 귀찮은 일을 손수 해야 했다. 장씨는 모든 일에 줄을 서
야 했다. 역에 들어설 때, 기차에 오를 때도 줄을 서야 했고,

식당차에 가서 밥을 먹으려 할 때도 줄을 서야 했으며, 변소에 갈 때나 세수 또는 이를 닦으러 갈 때도 줄을 서야 했다. 장씨로서는 습관이 된 줄서기가 장부부장에게는 불만이 되기도 했다. 그는 또 버릇없는 대우나 열악한 환경에 대해서도 참아야 했다. 오륙 세쯤 되어 보이는 통통한 사내아이가 계속 열차 속을 이리저리 뛰어다녔다. 장씨는 그 아이를 막고서 사탕을 주면서 장난을 걸었다. 그런데 사내 녀석이 마치 소패왕(小霸王)처럼 사탕을 집어 던지면서 욕설을 내뱉었다. "이 새끼야!" 이 욕 한 마디에 차 안의 사람들이 모두 웃음을 터뜨렸다. 웃음 속에는 호우오린(侯寶林)의 재담에 찬사를 보낼 때와 같은, 칭찬의 의미도 담겨 있었다. 장쓰위엔온, 아니 장부부장은 삽시간에 피가 얼굴로 몰린 듯 얼굴이 온통 빨개졌다. 욕먹을 짓을 한 자는 욕을 먹으면 고개를 숙이고 잘못을 빌어야 하지만, 그러나 부부장은 이런 모욕을 도저히 참을 수 없었다. "욕을 하면 안 되지!" 그는 조용하지만 엄하게 질책을 했다. 그러자 오륙 세밖에 안 된 이 작은 뚱보 녀석이 기세등등하게 머리를 들고 대꾸했다. "바보! 바보! 이따가 우리 아빠한테 일러서 밥 주지 말라고 한다." 이 아이의 아버지가 식당차의 취사원이었던 것이다. 승객들은 또 한 차례 웃음을 터뜨렸다. 그러면서 한편으로 꼬마의 행동을 분석했다. "훌륭한 아이야. 이렇게 일찍부터 권력의 위력을 알고 있다니!"

이것보다 더 참아내기 어려운 일도 있었다. 기차에서 내려 이틀 동안 장거리 운행 버스를 타야 했다. 버스 운전사는 승객들을 마치 돼지떼를 다루듯 했다. 중간에 정차할 때 그는 사람들을 거들떠보지도 않고 거칠고 흐리멍텅한 목소리로 명령을 내렸다. 볼일들 보쇼! 밥들 먹으쇼! 휴식! 하차! 빨리 타요! 그런 불친절한 말투에 머리칼이 서는 듯했다. 이것까지는 괜찮았다. 첫날 숙박을 할 때, 그들은 방 하나에 42명이 함께 묵어야 했다. 방 안은 담배 연기, 땀 냄새, 악취가 진동했다. 40와트짜리 6개의 형광등은 밤새껏 한 번도 꺼지지 않았다. 한밤중에 여관 관리인이 승객을 점검하러 들어와서 표 없이 들어와 자는 사람이 없는지, 중간에 어디로 샌 사람이 없는지를 조사했다. 그는 밤새도록 거의 눈을 붙이지 못했다. 그는 이번 여행을 후회했고 자기가 너무 현실을 몰랐음을 후회했다. 비서의 말을 들었어야 했다. 만약 그곳 성 위원회에서 자동차를 보냈더라면 이틀이나 걸리는 이 노정이 반나절이면 충분했을 것이다. 사실 그는 이제 늙었고, 그 2년 동안의 장씨가 아니었던 것이다.

그러나 다음 날은 기분이 한결 좋았다. 차에 오를 때 그는 자신이 역경을 극복했다고 생각했고, 자신이 강한 사람이며 여전히 노동자의 본색을 잃지 않았다고 생각했다. 그러나 그는 어렴풋이 자기의 미소 뒤에 숨어 있는 어쩔 수 없는 우월의식을 감지했고, 또 어렴풋이 다음과 같은 소리를 들었다.

이 며칠간의 생활은 장부부장에게 단지 임시 생활일 뿐이다…… 그는 눈살이 찌푸려졌다.

그러나 그가 정말 참을 수 없는 사건이 발생했다. 이튿날 점심때 그가 식당에서 밥을 먹기 위해 길게 늘어선 줄에 섞여 식권을 사려고 할 때였다. 장발에 등산복 차림의, 키가 약 1미터 90센티쯤 되어 보이는 껑다리 하나가 그가 막 창구 앞에 다가서려고 할 때, 가로질러 들어와 팔꿈치로 그를 밀어내고 그의 앞으로 끼어들었다. 문제는 줄을 서지 않고 새치기를 한 데 있지 않았다. 문제는 바로 이 껑다리가 식당의 매표 창구 옆에 서 있다가 장쓰위엔이 앞으로 다가오는 것을 보고 새치기를 한 것이었다. 분명히 장쓰위엔이 늙고 허약하니 쉬이 속일 수 있다고 생각한 것이다. 완전히 장쓰위엔을 얕잡아 본 것이고 그를 모욕한 것이었다. "동지, 왜 줄을 서지 않소?" 장쓰위엔의 목소리는 떨렸다. 그는 거들떠보지도 않았다. "뒤에 가서 줄 서!" 장쓰위엔은 고함을 지르면서 그 껑다리를 밀쳤다. 그 녀석은 꼼짝도 하지 않고서 고개를 돌려 경멸하는 듯이 장쓰위엔을 쏘아보았다. "이거 뭐야!" 그는 위협적으로 주먹을 쥐어 보였다. "누가 나더러 줄을 안 섰다고 그래! 당신 앞에 서 있었잖아!" "여러분, 이 사람이 줄을 섰소?" 장쓰위엔은 물었다. 그는 조금도 두렵지 않았고, 이 야만스럽기 짝이 없는 무뢰배가 사람들의 제재를 받을 것이라고 믿었다. 그러나 얼마나 기가 막히고 놀랍고 화

162

가 나던지! 어느 누구 하나 나서는 사람이 없었다. 또 어떤 사람은 일부러 고개를 다른 데로 돌리기까지 했다. "당신이 줄을 안 섰잖아!" 그놈이 장쓰위엔을 밀치자 장쓰위엔은 하마터면 땅에 넘어질 뻔했다. 그는 장쓰위엔을 줄 밖으로 끌어내어 때리려는 시늉을 했다. 당신이 설마 이런 녀석과 싸움을 벌여 이길 수 있겠는가? 장쓰위엔은 이때 자기의 비서와 경호원, 운전사가 곁에 있었기를 얼마나 바랐던가! 그는 자신의 신분이 드러나서 경호원이 총을 빼들고, 비서가 공안부에 전화를 걸어 공안요원이 달려와 이 무뢰배가 얼굴이 흙색이 된 채로 어쩔 줄 몰라하며 용서를 빌면서 땅바닥에 무릎을 꿇는 것을 상상했다. 주위의 사람들이 박수를 보내며 통쾌해할 텐데…… 그러나 지금 이 모든 것이 불가능하다. 만약 같이 덤빈다 해도 그건 계란으로 바위치기일 뿐이었다. 만약 '반동배' 시기에 내가 이런 일을 당했더라면 이렇게까지 화를 낼 수 있었을까? 장쓰위엔은 자문했다. 이런 질문이 마치 시원한 바람처럼 그의 몸으로 불어왔다.

행로난(行路難)이라고 했다. 집에 있으면 편안하지만 집 문 밖을 나서면 바로 고생이다. '고위 간부'로 사는 것이 결코 수월치 않은 것처럼 일반 평민으로 사는 것도 역시 수월치 않았다. 이 경우는 장생이 꿈속에서 자기가 나비가 된 것을 본 것인지 아니면 나비가 꿈속에서 장생이 된 것을 본 것인지 하는 처지가 아니라, 밭 가는 소가 꿈속에서 자기가 트랙터가 된 것인지 아니면 트랙터가 꿈속에서 밭 가는 소가 된 것인지 하는 경우였다. 살아가면서 멋진 비상(飛翔)의 경험은 별로 갖지 못했다. 여섯 살이 좀 넘었을 때, 토비(土匪)를 숨겨준 일 때문에 아버지가 피신한 적이 있었는데, 그때 아버지는 그를 데리고 피신에 나섰다. 밤이 되어 마부들이 묵는 여인숙의 축사에서 잠을 잤다. 예순이 되어서도 그는 그날 그 조용한 밤에 말들이 사삭거리며 풀을 먹던 소리와 엄습해오던 추위를 잊을 수가 없었다. 이것은 어린 시절의 기억 중 가장 깊은 인상으로 남아 있다. 항일전쟁 때, 그들은 항상 무성한 옥수수숲에서 잠을 잤는데 여름밤이면 옥수수 알맹이가 탁탁거리는 소리를 들을 수 있었다. 시골 어른들은 그것이 옥수수가 자라는 소리라고 가르쳐주었다. 그것은 억제할 수 없는 생명의 힘이었고, 생장의 힘이었으며, 흙과 빗물과 하늘에서 나오는 힘이었다. 심지어 그는 장거리 행군 중 걸으면서 잠을 잘 수도 있었다. 앞에서 차렷 하는 구령이 들리면 뒷사람은 앞사람의 등에다 머리를 부딪히곤 하였다.

불평을 늘어놓는 것은 가장 쉬운 일이다. 그것은 따로 훈련도 필요하지 않으며, 불평하는 사람은 대단히 세련되어 보인다. 70년대 말 어떤 중국인들은 불평을 하지 않으면 하루가 지나가지 않을 듯이 생각했던 것 같다. 그는 이번 여행에서 많은 불평거리를 얻었다. 그러나 애석하게도 그는 작가가 아니었다. 그렇지 않았다면 도중에 들른 여관과 식당의 더러움만 가지고도 손쉽게 글 한 편을 쓸 수 있었을 것이다. 또 거기에다 기개 있는 감탄할 만한 인물 두 명과 자극적인 몇 마디를 덧붙인다면, 용감하게 암흑을 폭로하는 소설을 완성할 수 있을 것이다. 그렇지만 그가 '열정'을 가질 수 있는지, 또 작가협회에 참여할 수 있을지, 무책임하게 욕하고 떠들면서 보통 사람보다 뛰어나고 누구보다도 훌륭한 영웅이 될 수 있는지는 확신할 수 없다. 글을 써서 식당을 욕하는 것은 식당의 문제를 처리하는 것보다 무척이나 쉽고도 통쾌한 일이다. 그러나 이것이 결국 무슨 문제를 해결할 수 있겠는가? 설마 우리의 세월을, 우리의 생명을 불평과 원망 속에서 소멸시켜버리지나 않을까? 자신의 잘못을 바로잡지 못하는 사람과 공민으로서의 책임감을 상실한 사람의 불평이 몇 푼어치의 가치라도 있겠는가? 그는 부서의 간부들에게 훈화할 때, 이미 이런 제안을 냈던 적이 있다. 나는 8시간 작업을 4시간 불평과 4시간 작업으로 바꾸기를 제안합니다. 앞 4시간에는 모두 다같이 불평을 하고 발을 구르고 욕을 해도 좋습니다. 하지만 그 시간 이후에는 한 마디의 불평도 허락할 수 없습니다. 이때는 모두가 착실하게 자기의 업무를 수행해야 합니다. 이 4시간 작업이 기강이 문란한 단위의 8시간 작업보다 더 효과가 있을 것입니다. 당연히 이 말은 화가 나서 한 말이었다.

그래서 그는 점점 불평을 하지 않게 되었다. 그가 생각하

는 것은 자신의 책임과 매 사람들의 책임에 대해서였다. 가난
과 어려움에도 불구하고 기차와 자동차는 앞으로 나아간다.
바퀴의 회전은 그와 다른 승객들을 시시각각 새로운 곳으로
옮겨놓으며 그들이 목적지에 다다르게 해준다. 여행 중 시간
의 흐름은 공간의 이동을 의미한다. 여행 중 시간의 행진은
유형의 것이 되고, 사람을 이동시키는 물리적인 힘이 된다.

대추비 棗雨

　다 왔다, 도착했어, 정말로 돌아왔다! 목적지에 도착한 기
쁨은, 성공이 각고의 노력에 대한 보상인 것처럼 험난한 여
정의 가장 큰 보상이다. 산모퉁이를 한차례 돌고, 다시 인간
세상이 아닌 다른 곳에서나 볼 수 있는 듯한, 거대한 맷돌 같
이 생긴 저 둥근 두 개의 바위를 지나면 바로 산촌의 정거장이
다. 이 두 덩어리의 바위는 옛날 이랑신(二郎神)이 짊어지고
태양을 좇아 가다가 도중에 여기다 버린 것이라고 시골의 노
인네들이 말했다. 그러나 누구도 이 바위가 얼마나 오랫동안
여기에 있었는지, 또 앞으로 얼마나 오랫동안 이 자리에 있을
것인지는 알 수 있었다. 어쨌든 장쓰위엔이 떠나 있던 4년여
동안 이 바위는 조금도 변하지 않았다. 그것은 여전히 그렇
게 육중하게, 또 영원히 늙지 않을 것처럼 서서 먼 길에서 돌

아오는 장쓰위엔을 맞이했다. 그것의 손님 맞는 모습은 몇 년 전 장쓰위엔이 이웃 마을에 가서 일을 하거나 물건을 사고 혹은 문병을 하고 돌아올 때와 조금도 다름이 없어서 장쓰위엔으로 하여금 자신이 이곳을 떠나 있었다는 것이, 또 무슨 서기 혹 부부장을 맡고 있었다는 것이 사실이 아닌 것처럼 느껴지게 했다. 차가 멈추자 그는 똥똥과 똥똥의 머리 위에 걸려 있는 고압선을 동시에 보았다. 똥똥은 키가 더 컸고, 어깨가 더 넓어진 것 같았다. 그는 지금 현(縣)에 있는 소학교에서 교원 노릇을 하고 있다. 그들은 편지로 서로의 소식을 전했다. 그래서 똥똥은 여기에서 아버지를 마중하였다. "전기가 들어왔구나?" 장쓰위엔은 물었다. 이것이 차에서 내린 후 그가 처음으로 내뱉은 말이었다. "전기가 들어와서 전등이 석유등을 대신하고, 전기 제분기가 연자매를 대신하며 전기 솜틀, 탈곡기, 기름 짜는 기계, 방아기와 분쇄기가 곡식이나 면을 가공하는 데 쓰이고 있어요……" 이것이 똥똥의 대답이었다. 부자는 앞으로 걸어가다가 늙은 살구나무 아래에 멈춰 섰다. 살구나무는 여전히 적잖은 수액을 흘리고 있었고, 이는 마치 다감한 노인네의 눈물처럼 보는 이의 가슴을 아리게 했다. 수액의 색깔이나 양, 그리고 수액이 나오는 부분과 그 모습은 4년 전과 하나도 다르지 않았다. 옛날에 장씨는 이 살구나무 아래에서 잎담배를 피곤 했다. 아버지는 아들에게 필터가 달린 중화 담배를 건넸다. 아들은 그것을 건네 받으며 입가에 살짝 웃음을 띠었다. 살구나무 옆에는 오염을 방지하기 위해서 돌판으로 수원(水源)을 막아놓은 샘이 있었다. 깨끗한 샘을 더럽히면 착한 아가씨가 아니지, 이것은 폴란드 마르즈프스 민간 가무단에서 부르던 어느 노래의 가사이다. 하이윈은 이 노래를 무척 좋아했다. 초겨울의 햇볕이 그들을 따뜻하게 비추었다. 그곳은 바람이 닿지 않는 곳이었다. 초겨울의 햇볕에다 바람도 닿지 않으니 초봄의 햇볕을 받는 것과 다를 게 무엇이 있겠는가? 새로 싹트고 있는 작은 풀들은 그들의 앞에 있는 것이 봄이 아니라는 것을 알기나 할까? 그는 석판을 옮기고 두 손으로 샘물을 떠서 두어 모금 마셨다. 옛날처럼 차고 달았다. 고개를 들자 이번 방문에서 처음으로 만나는 산촌 사람을 볼 수 있었다. 재봉일을 하는 사람으로, 그가 산촌에 있을 때 별로 이야기해본 적이 없는 사람이었다. 그의 둥그런 구식 돋보기는 2개의 바위처럼이나 오래된 것이었다. 재봉사는 한눈에 그를 알아보았다. 그도 한눈에 재봉사를 알아보았다. 이거 장서기 아니십니까? 어떻게 이 산구석에 또 오셨어요? 저 이리, 제가 짐을 들어드릴게요. 예예, 저희들은 모두 잘 지내지요, 당 중앙의 영명한 영도가 있으니까요. 이번에는 시찰을 나오신 겁니까, 아니면 사업을 지도하러 나오신 겁니까? 이건 우리 산촌의 인민들에 대한 최대의 격려이자 관심이십니다…… 시도 때도 없이 높은 사람들에게 정해진 뻔한 소리를 해야 한다는 것은 얼마나 슬픈 일인가!

다행히 그를 대하는 태도가 바뀐 산촌 사람은 이 사람이 최초이자 마지막이었다. 솬푸 형님은 그렇지 않았다. "어이, 장!" 그는 멀리서 소리쳤다. 그는 외국 사람들처럼 사람의 성을 부르는 습관이 있었다. 형수는 그를 보자 입을 삐죽거리며 울음을 터뜨렸다. 자네가 여기에 오리라고는 생각도 안 했어! 내가 살아서 자네를 다시 볼 줄이야! 2년이란 세월이 그렇게 빨리 지나가다니! 우리는 돼지 3마리하고 양 5마리를 길러. 또 닭도 15마리나 되지. 닭은 원래 25마리였는데, 2마리 있던 수탉이 매일 서로 죽으라고 쪼며 싸워서 항상 벼슬이 피에 젖어 있었지. 그래서 나중에 싸움에 진 녀석을 잡아 버렸어. 누가 저더러 바보같이 지랬나? 그리고 암탉 9마리는 돌림병에 걸렸지. 그것들은 나중에 산 놈들이었거든. 일찍 산 14마리는 일찌감치 치우원이 주사를 놓아줘서 괜찮았지. 바늘에 뭘 찍어서 백신을 날개에다 주사하더군. 치우원은 닭병에다 돼지병까지 고쳐. 사실 공사에도 가축 병원이 있긴 하지만 말이지. 곡식 값이 올랐어. 호두, 살구, 대추, 벌꿀 수매가도 적잖게 올랐지. 전등도 켜지고 확성기도 달았어. 그런데 식량 구매하는 놈들이 곡식의 등급을 낮추려고 해서 그들의 밑구멍을 풀로 막는 것처럼 돈을 집어주어야 해. 전기가 들어오긴 했어도 항상 정전이야. 그래서 아직 석유등을 버릴 수 없다네. 그런데 석유 공급은 오히려 줄어들었어. 우리는 연말에 4백여 원을 분배받네. 꽃무늬 사발을 24개나 새로 장만했어. 자넨 이제 승진했나? 지낼 만해? 베이징에 갔다고? 중앙의 지도자들은 만나봤어? 간부들은 왜 이렇게 내려오지 않는대? 옛날에는 매년 겨울마다 사람들이 내려오기를 바랐었네. 하지만 모두 허사였지. 그래도 우리는 간부들이 와서 산촌 사람들에게 세상에 어떤 위대한 인물이 등장했고, 어떤 새로운 사건들이 있었나를 말해주었으면 하고 바라고 있어.

15마리의 닭은 곧 13마리로 줄어들었다. 거의 일흔 살이 다 된 조그맣고 마른 할머니가 닭을 잡을 때 보여준 민첩성은 배구 선수 못지않았다. 그녀는 뛰어가 막 날아 도망치려는 닭을 잡아 집으로 들어왔다. 닭털이 하늘로 날고 닭이 도마에 올려졌다. 닭 살점을 기름에 넣자 지글거리는 소리가 났다. 그다음에 하얀 찐빵을 통발에다 넣어 쪄냈다. 그러고나서 여름부터 말린 마늘이며 마른 콩, 가지 등과 소금에 절인 돼지고기가 무대 위에 등장했다. 음식이 다 되기도 전에 마을 친척들이 다들 모여들었다. 당장에 다섯 집에서 먼 데서 온 손님을 대접하는 큰 잔치를 베풀겠다고 약속했다. 거절이란 있을 수 없었다. 장쓰위엔은 고개를 끄덕였고 다만 서로 겹치지 않게 시간을 조정했을 뿐이었다. 장쓰위엔은 다시 비서를 수행하지 않은 것을, 업무 일지를 가져오지 않은 것을 후회했다. 그래서 일정을 조정하는 번거로운 일을 임시로 똥똥에게 맡겼다.

이 얼마나 좋은가! 그는 애초 산촌을 떠나지 않은 것 같았다. 변함 없는 사투리, 변함 없는 시골의 정취, 변함 없는 인심! 누구의 집에라도 들어갈 수 있고, 어느 집의 젓가락으로라도 식사를 할 수 있으며, 어느 집의 아랫목에서라도 잠을 청할 수 있는 것 역시 변함없었다. 늙은 개까지도 그를 잊지 않고 꼬리를 흔들면서 그에게 뛰어와서 앞발을 그의 다리에 비볐으며 젖은 코로 응석을 부리는 소리를 냈다. 마을 사람들에게 줄 사탕, 볼펜, 그림 엽서를 챙겼지만, 다정한 이 개에게 줄 뼈다귀를 챙기지 못한 것이 무척 미안했다. 오매탕(烏梅糖)을 던져 주는 것으로 미안함을 대신할 뿐이었다. 이런 것으로 개를 대접해야 한다는 게 실로 미안했다. 황구 한 마리는 그를 모르는지 매섭게 짖었다. 그 개는 그가 떠나 있을 동안 태어나서 자란 것 같았다. 개의 주인은 황구에게 야단을 쳤다. "도대체 왜 그래? 어떻게 우리 사람, 우리의 장 씨를 몰라보고 물려고 해? 너 죽어볼래?" 욕을 얻어먹은 개는 기가 죽어 고개를 숙이고서 겁먹은 모습으로 어물어물 구석으로 물러갔다. 자기가 왜 이런 큰 잘못을 저질렀을까 하고 깊이 반성하는 것 같았다. 사실 의도는 충실히 집을 지켜 공을 세우고 상을 받겠다는 것일 뿐이었다.

적잖은 사람들이 그의 관직에 대해서 묻고 감탄했으며 그의 승진이 잘된 일이라고, 또 축하할 만한 일이라고 했다. 그러나 어느 누구도 그를 '높은 사람'으로 대우하지는 않았다. 또한 그도 말을 길게 늘여빼지 않았고, 그토록 많은 단어들을 사용하지 않았으며, 득의양양해하거나 뒷짐을 지고 이리저리 왔다갔다하지도 않았다. 그는 사전에 해야 할 말들을 고르기 위해 고심할 필요가 없었고, 사후에 어떤 말이 잘못되었다고 해서 후회할 필요도 없었다. 관직이 없으니 일신이 가뿐하구나! 관직이 없으니 사람의 마음이 이토록 편안하구나! 땅이 없으면 농사를 지을 수 없고 호두나무가 없으면 호두가 있을 수 없는 것처럼 평등이 없으면 우정도 있을 수 없다. 산에는 붉게 익은 대추가 가득 열려 있었다. 그 대추나무는 장쓰위엔만큼이나 늙고 오래되었지만 열매는 신선하고 달았다. 그가 어릴 때, 아직 장쓰위엔이 아니던, 그러니 당연히 장선생, 장지도원 혹은 장서기였을 리 없고 단지 '꼬마' 혹은 어머니에게 '아가'라고 불리웠던 어린 시절에, 그의 집에도 대추나무가 한 그루 있었다. 대추 따는 날은 어린 시절 최고의 명절이었고, 대추 따는 것은 어린 시절 최고의 즐거움이었다. "툭툭툭" 대나무로 위쪽을 때리면 "후두둑 후두둑"하며 대추가 땅에 떨어졌다. 아는 아이, 모르는 아이 할 것 없이 한떼의 아이들이 몰려들어 한편에서는 먹고, 한편에서는 줍고, 한편에서는 담고, 한편에서는 숨은 걸 찾고, 한편에서는 소리 질렀다. 어떤 대추들은 물고랑이나 수풀 속, 기왓장 아래로 숨어 들어갔다. 자기를 숨기려고 하는 대추들은

172

가장 달고 가장 살진, 그리고 벌레가 하나도 먹지 않은 그런 대추였다. 이런 교활한 대추를 하나씩 찾아낼 때마다 그와 그의 친구들은 환호성을 터뜨렸다. 흙조차 달았고 바람조차 향긋했던 그 어린 시절의 왁자지껄함과 왁자지껄한 어린 시절이여! 흙이며 땀, 콧물이며 눈물, 침 묻은 대추 껍질로 얼굴 가득 범벅이 된 채 환호하던 그 어린 시절! 평등, 순박, 우정 그리고 대추비처럼 쏟아져내릴 풍요에 대한 동경, 공평하고 풍족한 생활에 대한 동경은 여전히 그 왁자지껄 대추를 줍던 아이들의 마음 속에 묻혀 있을 테지? 아마 마르크스, 엥겔스와 리프크네히트(Liebknecht Karl, 독일의 사회주의자—옮긴이), 레닌, 스탈린과 스베르들로프(Jacob. M. Sverdlov, 러시아의 공산주의 혁명가—옮긴이), 마오쩌둥(毛澤東), 저우언라이(周恩來), 류사오치(劉少奇)와 주더(朱德) 그들의 일생, 그들의 사업과 그들의 이론의 힘은 그 왁자지껄 대추를 줍던 아이들의 마음 속에서 나왔을 테지?

지금, 수염과 머리칼에 눈꽃이 내린 장쓰위엔, 고위직에 몸담고 있는 장부부장은 또 어릴 적 같은 왁자지껄함 속으로 돌아와 있다. 시골을 방문한 첫날 어디를 가던지 산촌의 남녀노소에게 둘러 쌓였고, 시끌시끌한 문안 인사, 웃음, 축복과 하소연에 포위되었다. 우리가 기대했던 것들, 우리가 허락해야 했던 것들, 우리가 빚진 것들, 우리가 손해를 끼친 것들을 우리는 결국 천천히 실행해야 한다. 우리는 결국 무언가를 배울 것이다. 이것 봐요! 선홍빛의 달콤한 대추가 쏟아지고 있어요!

첫날 그는 똥똥, 치우원과 이야기를 나눌 수 없었다. 치우원도 대추를 따며 열광하는 아이들 식의 떠들썩함에 동참했다. 그의 눈빛이 사람들의 틈 속에 끼어 있던 치우원의 눈빛과 마주쳤을 때, 그는 아이같이 흥분했고 즐거웠으며 기대에 부풀었다. 그를 바라보는 것은 그가 일생 동안 한 번도 겪어 보지 못한, 슬픔을 직관하는 명랑함이었고, 대추 따기를 통솔하는 큰 아이가 떠들썩한 아이들을 바라보며 느끼는 만족스러움이었으며, 잎이 앙상하게 떨어진 대추나무를 비추는 달빛의 적막함이었다. 그는 미미하게 전율을 느꼈다.

밤에 그는 아들, 농민들과 함께 잠을 잤다. 고기, 술, 소란, 온정이 그의 밤을 가득 채웠다. 그래서인지 그는 그날 밤 자신의 일생이 요약된 꿈을 꾸었다. 59년 동안의 삶이 꿈속에서 압축, 복제되었다. 양치기 아이와 지주놈들의 싸움, 면 외투를 입은 시골 교사의 도움, 「삼대기율, 팔항주의(三大紀律八項注意)」를 소리 높여 부르며 입성하던 군대, 숲을 이룬 총과 비처럼 쏟아지던 총알, 핀도 뽑지 않고 던져버렸던 첫 번째 수류탄, 홍기(紅旗) 아래에서의 맹세……. 그는 희생을 두려워하지 않았고 헌신을 갈망했다. 그가 한 걸음 나아가면 행복이란 붉은 대추가 모든 가정의 식탁 위에 떨어질 것이라고 그는 굳게 믿었다.

여름, 하얀색의 반팔 블라우스, 멜빵 치마, 4583, 그녀의 학교 전화번호. 숫자를 누르자 전화기 속에서 겁먹은 목소리가 들려온다. 묻지 않고도 이미 전화를 건 사람이 누구인지를 아는 듯했다. 하얀 몸 그림자가 눈앞에 떠올랐다 사라진다. 뭐라고요, 그녀가 하향(下鄕)했다고요? 어느 공사, 어느 대대(大隊), 어느 부락이오? 그 말은 꾸민 말이었어. 당신은 거기 있었어. 떠나지 마오, 죽으면 안 돼. 우리에겐 아직 못 다한 이야기가 남아 있어. 진상이 밝혀지고 복권되었다는 통지가 어째서 당신에게는 전달되지 않았지? 4583, 어째서 전화를 받지 않지? 쾅쾅, 전화기를 부숴버렸다. 흑흑, 내가 울고 있나? 죄수·자유·지무 자동차는 왕푸징(王府井) 대로를 내달리고 있다. 푹신한 침대차는 경한선(京漢線) 위를 운행하고 있다. 보잉기는 푸른 하늘과 흰 구름 사이를 날고 있다. 위쪽의 하늘은 보석보다 파랗고, 아래쪽의 구름은 눈덩이보다 하얗다. 엔진을 껐다. 대추가 비처럼 쏟아진다. 총알이 비처럼 날린다. 전단이 비처럼 흩어진다. 주먹이 비처럼 쏟아진다. 내 심장 소리를 들어보시오. 내게 백약편(白藥片)을 주시오. 내게 주사를 놓아주시오. 맞다. 보고 내용은 이미 완성되었다. 내일이면 의견을 수렴할 것이다.

이렇게 하면 되나? 이렇게 하는 건 불가능한가? 그는 이제, 열정과 상상에 휩싸일 나이는 진작에 지났다고 스스로에게 경고했다. 그러나 삶과 함께 시작된 상상과 열정이란, 삶이 지속되는 한 계속되는 것이 아닌가? 이 모든 것이 사실이라면……, 이 하나하나의 가설들은 그를 앞으로 나아가게 만드는 횃불이 아니겠는가? 이곳에 오기 전에 망설임과 자신감과 염려가 뒤섞여 있었다. 또 사면이 세라믹으로 된, 부장 건물 안의 사무실에 대한 미련도 있었다. 미안한 마음이 든다. 장쓰위엔은 지금 여기에 있다! 장쓰위엔은 변하지 않았다. 장쓰위엔은 산촌 사람이고, 장쓰위엔은 바로 지금의 자신이다. 뭐라고? 시간이 됐다고? 나는 곧 떠날 것이다. 끝맺지 않은 회의(會議)는 꿈속에서라도 진행해야 한다. 동지들! 지금의 형세는 매우 훌륭하오. 우리는 지속적으로 단결하여 개혁을 진행해야 하며, 병력을 증강하고 정계(政界)를 간소화해야 합니다. 관(官)이 병(兵)보다 많은 현상은 더 이상 계속되면 안 됩니다.

거리 距離

날씨도 장쓰위엔의 방문을 환영했다. 며칠 동안 유달리 쾌청한 날씨가 계속됐다. 사람, 산, 나무와 공기 모두들 온화하고 포근했다. 똥똥은 아버지를 모시고 계단밭이며 산비탈, 과수원, 채소밭 등을 돌아보았다. 키가 큰 감나무, 풍성한 호두나무, 괴상하게 생긴 산초(山椒)나무, 때깔 좋은 풀명자나

무, 반들반들한 자두나무, 후박한 사과나무……, 모두 헤어
진 뒤에도 그대로였다. 가시 돋힌 멧대추나무를 지나고 오소
리 사냥꾼들이 놓은 덫을 피해 그들은 육림(育林) 구역으로
들어갔다. 5년 전 그들이 비를 맞으며 심은 유송(油松), 잣나
무, 낙엽송의 묘목이 이제 무릎 높이만큼 자라 있었다. 자기
가 손수 심은(그날 손이며 얼굴, 옷에 온통 흙투성이였다) 소
나무는 오래도록 여기에서 자랄 것이고, 한 세대, 두 세대,
여러 세대를 지나면서 계속 울창함을 더하여 이 산비탈을 그
늘지게 할 것이다. 참으로 흐뭇한 일이다.

그러나 그와 똥똥의 말은 서로 엇나갔다. 이번에 똥똥은
그에게 특별히 관심을 가져줬고 그를 잘 이해하려 했다. 아
버지, 건강에 신경 쓰셔야 해요. 쉬어야 할 때는 쉬세요. 매
년 여름 빼먹지 않고 바닷가에 가시는 게 좋을 것 같습니다.
똥똥, 정말 어른이 됐구나. 아비를 챙길 줄도 알다니. 베이징
으로 돌아와라. 함께 살자꾸나, 나도 하루가 다르게 늙어가
고 있다. 똥똥의 대답은 예상 외로 확고했다. 싫습니다. 어째
서? 특별한 이유가 있어서가 아니라, 전 고위층의 자식이 되
고 싶지 않습니다. 무슨 뜻이지? '고위층'은 자식도 가질 수
없다는 것이냐? 우리는 혁명을 위해서, 인민을 위해서 생명
과 피를 아끼지 않았다. 장쓰위엔은 약간 흥분했다. 그러나
똥똥은 오히려 침착했다. 아버지네는 숭고하고 위대한 세대
입니다. 그렇지만 아버지는 현실을 직시해야 합니다. 고위층

의 자식들에 대한 여론이 너무 좋지 않습니다. 아버지도 일을 그만 좀 하십시오. 저희도 숭고하고 위대한 세대가 되고 싶습니다. 아버지네처럼 가시밭을 헤치고 나아가는 탐구자, 개척자, 창조자가 되고 싶습니다. 그러나 아버지네는 우리가 계승자가 되기만을, 아버지들의 위치를 대신하기만을 바라고 계시고, 우리가 아버지들의 발자취를 따라 걷기만을 요구하십니다. 안 됩니다. 그러한 것은 이루어질 수 없습니다. 전이제 스물일곱입니다. 태어나서부터 교육을 받았고, 부모님의 말씀과 선생님의 말씀, 소조장의 말과 가난한 농민들의 말을 들었습니다. 어느 뚱뚱한 고관의 말도 들었습니다. 이제 우리는 스스로가 스스로를 교육해야 하며, 스스로가 하고자 하는 말을 스스로 선택해야 합니다.

너의 말은 단편적이고 공허하다. 왜 그렇게 사람을 자극하는 말만 하느냐? 이제까지 그런 말 때문에 중국이 입었던 손해로도 아직 충분하지 않느냐? 농민들에게 도움을 줄 수 있는 것은 당의 정책이지, 사람을 자극하는 너희들의 말이나 또 다른 유의 거짓되고 허황되고 공허한 말이 아니다. 너희는 무위(無爲)의 상태에 있지 않다. 중국도 그렇고 역사도 그렇다. 너희들이 밭 갈고 씨 뿌리는 것부터 다시 시작한다는 것은 우스운 이야기이다. 너희의 그 겉만 번듯한 의견에 나라를 맡긴다면 이 나라는 물론이고, 너희 자신도 잘못될 것이고, 머리가 깨지고 피가 흐르는 어려움에 직면할 것이

178

다. 너희들은 이 나라의 상황을 이해하지 못하고 있으며, 역사도 이해하지 못하고 있다. 인류의 역사는 부단(不斷)의 과정이고, 혁명은 몇 대에 걸쳐 일구어야 하는 사업이다. 계승이라는 건 이미 이루어진 것을 지키기만 하는 것이 아니다. 진리의 기준에 대한 토론은 발전과 창조, 돌파를 위해 이미 앞길을 닦아놓았다. 중국이 필요로 하는 건 내실 있는 사업이지 극단적인 유아주의가 아니다. 늙을수록 배워야 한다는 말이 있듯이 나도 때때로 교육을 받을 필요가 있다고 생각하고…….

똥똥은 풀명자나무에 아직 따가지 않은 5개의 선홍빛 열매가 달려 있는 것을 발견했다. 그는 돌 몇 개를 집어 다행히 아직 남아 있던 선홍빛 열매를 떨어뜨렸다. 그는 아버지의 말에 반론을 제기하는 것에 별 흥미를 느끼지 못했다. 마지막으로 그가 말했다.

"내일 전 현성(縣城)으로 돌아갈 겁니다. 현성으로 오시면 더 이야기할 수 있을 거예요. 아버지, 너무 화내지 마십시오. 저는 지금 아버지와 그리 함께 있고 싶지 않습니다. 아버진 너무 저를 가르치려 하시니까요. 엄만 살아 계실 적에 그렇지 않으셨어요. 엄만 절 보살피는 데 90퍼센트의 힘을 쓰셨고, 단지 10퍼센트의 힘만을 저의 갈 길을 지시해주는 데 쓰셨어요. 여기에 어떤 의미가 있을까요? 어머닌 약자였고, 아버진 강자입니다. 저는 머리가 깨지고 피가 흘러도 아버지에게 의지하고 싶지 않습니다. 제가 가끔 아버지를 찾아뵈면 되잖아요. 금년 여름 휴가 때 가서……, 됐습니까?"

장쓰위엔은 침묵했다. 그는 몸을 돌려 맞은편 산비탈에 서 있는 어린 소나무를 바라보면서 묵묵히 아들이 나누어준 시큼한 열매 2개를 입에다 넣었다. 석양이 어린 소나무를 비추자 소나무는 키보다 길게 그림자를 늘어뜨렸다.

고별 告別

1977년 초, 장쓰위엔은 치우원의 전 남편이 노동개조대에서 죽었다는 소식을 전해 들었다. 그는 치우원에게 위로의 편지를 썼다. 그러나 그들의 결혼 생활이 어떠했는지를 알 수 없었기 때문에 그는 애도의 뜻을 직접 전할 수 없었다. 다만 세심하게 그녀의 안부를 묻고 자신의 사업과 생활, 건강상의 고충들을 털어놓았으며, 그러나 이러한 고충에 굴하지 않고 이를 극복할 것이고, 더욱 매진하여 나라를 위해 혼신을 다하겠다는 다짐을 덧붙였다.

답장은 오지 않았다. 이것은 그가 치우원에게 보낸 세번째 편지였다. 첫번째 편지는 그가 시 위원회로 막 돌아와서 뚱뚱에게 보낸 편지에 몇 글자 덧붙인 것이었다. "난 항상 산촌의 잊지 못할 시간들을 기억하오. 나를 치료해주고 여러

180

가지로 도움을 준 것에 대해서 당신에게 깊이 감사드립니다. 똥똥에 대한 관심에는 더욱 그렇습니다. 당신과 따님의 안녕을 기원합니다." 그 편지도 답장은 없었다. 다만 똥똥이 편지를 보내서 이런 말을 전했을 뿐이다. "치우원 아주머니께서 대신 안부 전해주시라고 하십니다."

두번째 편지는 1976년 봄, 비극이자 동시에 치졸한 희극이었던 '우경번안풍(右傾飜案風)에 대한 반격'이라는 상황 속에서 죄인의 역할을 강요받아 쓴 것이었다. 살벌한 분위기 속에서 편지를 쓰느라 그는 전전긍긍했다. 답장이 곧바로 도착했다. 신문의 사설에서 볼 수 있는 말들로 꽉 차 있었다. "우리는 마오 주석의 혁명 노선이 분명히 완전한 승리를 쟁취할 수 있다고 믿습니다!" "이곳의 가난한 농민들은 언제나 당신이 다시 와 노동의 단련과 세계관의 개조를 진행시켜주기를 기대하고 준비하고 있습니다." "유물주의자는 두려울 게 없습니다. 공산당의 철학은 투쟁의 철학입니다." 장쓰위엔은 이 말들의 뜻을 잘 알 수 있었다. 치우원, 똥똥, 산촌을 생각하니 가슴이 내려앉는 듯했다.

1977년부터 그는 치우원을 찾아가 만나보고 싶은 생각이 들었고, 둘의 생활을 바꾸어볼 수 있는지, 둘이 함께 생활할 수 있는지의 가능성을 타진해보고 싶었다. 치우원은 그가 만난 사람들 중에서 소나무의 곧음과 버드나무의 유연함을 함께 소유한, 약간은 괴상한 사람이었다. 산촌에서의 5년 동안 그녀는 그보다 더 강했고 힘이 있었다. 그가 더 이상 메이란과의 관계를 회복하고 싶지 않다는 의사를 분명하고 확고하게 밝힌 후, 그의 '생활 문제' '개인 문제'에 대해서 관심을 가지는 사람들이 너무나 많았다. 많은 옛 전우들, 특히 한 전우의 부인은 그의 손에 억지로 사진 한 장을 쥐어주기까지 했는데, 그는 이러한 번거로움을 견딜 수 없었다. 한번은 그가 시원스럽게 선언했다, 이미 상대를 찾았고 그가 노동하던 산촌에서 그녀를 데려와 많은 사람들의 고민을 덜어주겠다고. 손에 쥐어주었던 사진은 이미 없었다. 사람들은 반신반의하며 그에게 물었다. "언제?" 그들은 마치 오래된 빚을 독촉하는 것 같았다.

"아마 우리 중국인들의 습관에는 갑작스레 이런 말들을 꺼내는 게 실례이겠지요, 내 말이 당신을 불쾌하게 만들 수도 있을 것입니다. 그러나, 오래전부터 이 말들은 내 마음 속에 담아 두고 있었소. 처음에 내가 폐렴에 걸렸을 때, 그땐 이렇게 늙지 않았는데……, 당신이 내게 준 것은 힘과 안정과 용기였소. ……그때부터 난 이런 감정을 마음속에 두게 된거요."

"고맙네요." 치우원의 말투에는 진심과 놀림이 섞여 있었다.

"난 이전에 당신 같은 여성 동지를 본 적이 없었소. 당신은 고상하면서도 상냥하고, 활발하면서도 따뜻하며, ……."

"그렇게 말씀하시니까 내가 몇 백 년에 한 번 나는 엄청난

182

사람 같잖아요?"

"제발 농담 좀 그만 하시오." 장쓰위엔의 목소리에는 침울함이 담겨 있었다. "또 나는 당신이 날 이해하고 있고, 아마도 날 좋아할 거라고 생각하오."

치우원은 몸을 움직여 장쓰위엔의 눈길을 피했다.

"난 수많은 어려움을 마주하고 있소. 난 어깨에 멍에를 지고서 무거운 짐을 이끌어가야 하오. 때로는 채찍질이 더해지기도 한다오. 어려운 문제를 만났을 때, 난 항상 생각하오. 만약 당신이 내 곁에 있다면, 당신이 나의 참모가 되어주고 든든한 벽이 되어준다면, 또……, 다른 건 말할 것도 없고 사업과 생활이 무척이나 수월해질 텐데 하고 말입니다."

"……."

"내가 이번에 온 것은 당신 때문이오. 짐작은 했겠지요. 나와 함께 떠납시다. 여길 떠나서 당신 스스로 할 일을 선택할 수 있소. 물론, 따님도 우리와 함께 ……."

"뭐, 우리라고요?" 치우원의 목소리는 날카로웠다. "왜 내가 당신의 참모가 되고, 고문이 되어야 하죠? 왜 내가 내 일과 내 지위와 내 생활과 내 이웃과 사람들을 버리고 당신을 따라 부장 부인이 되어야 하죠?"

"……."

"봐요, 당신이 생각하는 건 자신뿐이라고요! 관직이 높은 사람들은 항상 자신이 다른 사람들보다 중요하다고 생각하지요, 안 그래요? 당신은 한시도 당신이 베이징과 당신의 관직을 떠나서 내 곁에 와서 나의 참모가 되고, 나의 든든한 벽이 되고 나의 친구가 될 수 있다는 것을 생각해본 적이 없어요. 그렇지요?"

"그런 방법도 고려할 수 있소."

"고려할 수 있다고요? 그 말투! 미안해요. 방금 나의 표현은 내가 당신이 생각하는 것만큼 그렇게 좋은 사람이 아니라는 걸 말해주는 거예요. 당신의 일은 내 일보다 백 배, 천 배나 중요하지요. 불복이란 있을 수 없지요. 나는 당신과 당신의 동료들을 지지해요. 당신들은 나라의 정수이자 희망이지요. 당신들은 너무 많은 시간들을 잃어버렸어요. 난 당신들이 그것을 되찾을 거라고 믿어요. 당신들의 성공을 빌겠어요. 전 당신들과 힘을 합칠 수 있기를 바래요. 하지만 당신과 함께 떠날 수는 없어요. 나는 이미 내 식대로 사는 게 습관이되었어요. 부장 부인의 생활은 날 질식시켜버릴 거예요. 그런 환경 속에서는 난 내 자리를 찾지 못할 거예요."

"그렇다면 여기서는? 당신은 이곳에서 일생을 마칠 것이오? 설마 이곳 환경이 당신에게 꼭 맞다고 생각하는 건 아니겠지요?"

"노력이 더 필요하겠지요. 그래서 전 당신에게 감탄해요. 당신은 부부장도 해낼 수 있고, 산촌에서 우리와 함께하는 것도 해냈으니까요. 또 기상천외하게 절 데려갈 생각까지 하

시잖아요. 저의 적응력은 그렇게 높지 않아요. 전 시골의 일
개 의사에 지나지 않아요. 내가 할 수 있는 일은 이곳 사람들
에게 약간의 고통을 덜어주는 것뿐이에요. 우리를 잊지 마세
요! 마음속에 우리가 있다면, 그건 당신의 마음 속에 모든
게 다 들어 있는 셈이에요. 고마워요……." 치우원의 목소리
에 흐느낌이 섞여 들었다. "저는 오직 당신이 인민들을 위해
훌륭한 일을 하기를 바랄 뿐이에요. ……당신들의 업적을
사람들은 잊지 않을 겁니다."

장쓰위엔의 목도 잠겼다. 그는 천천히 자리를 떴다. 치우
원은 그를 배웅하지 않았다. 그는 오랫동안 후회했다. 왜 치
우원이 앉던 튼튼하고 묵직한 의자와 페인트칠을 하지 않은
그녀의 나무 의자, 그녀의 등, 그녀의 책, 그녀의 세면대, 그
녀의 밀짚모자와 그녀의 청진기를 눈여겨보지 않았던가 하
고. 이것들은 그보다 행복했다. 이것들은 밤낮으로 치우원의
곁에서 그녀와 함께 있으니까.

마을 사람들은 그를 계속 초대했다. 위장(胃腸)과 머리가
함께 생활 조사를 진행했다. 두부와 당면, 과일주와 식초 등
모든 게 그들의 부업거리였다. 날달걀, 절인 달걀, 송화단(松
花蛋)과 썩은 달걀, 동물성 단백질과 수입, 모든 것이 늘어나
고 있었다. 기장 기름으로 튀겨 꿀을 바른 빵은 산촌 사람들
이 가장 좋아하는 단음식이었다. 또 무슨 어려운 일이 있습
니까? 무슨 의견은 없습니까? 이대로 변하지 않았으면 하는

것뿐이에요. 만약 정책이 바뀌지 않는다면, 만약 이렇게 계속 살 수 있다면, 만약 더 이상 우리가 우리를 괴롭히지 않는다면 생활은 차츰 더 나아질 것이고, 시골의 상황도 원래 생각했던 것보다 더 나아질 거예요. 여러분들은 어서 부유해져야 합니다. 우리 중국은 당신들에게 기대를 걸고 있습니다! 지금까지의 경험과 교훈을 잊지 말고 믿음직스럽게 우리를 데리고 앞으로 전진해 나가세요. 우리 농민들은 당신들에게 기대를 걸고 있어요! 술과 음식이 풍족히 돌자 그들은 서로를 격려했다.

다음은 고별이었다. 장부부장 비서의 일처리는 매우 탁월했다. 장쓰위엔이 은밀히 산촌에 와서 보통 사람들의 만족스러운 점과 어려운 점들에 대해서 거듭 깨닫고 경험하며 일주일쯤 지냈을 때, 그곳의 지도자는 비서의 전화를 받았다. 즉각 지도자와 접대원, 자동차가 산촌에 도착했다. 장쓰위엔은 주의깊게 사방을 둘러보았다. 그리고 마지막으로 그는 아들보다 그곳 사람들이 자신을 많이 이해하려 한다는 사실을 확신했다. 그곳 사람들의 다정함이, 그가 복직했고 승진까지 했다는 사실을 모르는 상태에서 나온 것은 아니고, 자동차를 타고, 수행원을 데리고 올 수 있는 그의 능력 때문이기도 하지만, 이러한 사정에도 불구하고 그는 그들이 그의 사람됨과 그의 속마음을 너무나 잘 이해하고 있다는 것을 깨달았다. 그를 대하는 시골 사람들의 태도가 변하지 않은 것은 그가

186

변하지 않았다는 것을 믿기 때문이다. 이것이 눈시울 뜨거운 감동을 자아냈으며, 일주일간 벌어졌던 일들에 그토록 아름다운 색채를 부여했다. 사람들은 한 쌍의 바위 옆에서 그를 둘러싸고서 환송했다. 우리를 잊지 말아요! 사람들의 바람은 이것에 불과했다. 설마 이런 바람을 잊거나 배반할 수 있겠는가? 그는 눈물을 흘리며 그곳에서는 가장 높은 자리라고 생각하는 운전사의 옆 좌석에 올랐다. 그의 마음은 산촌에 남아 있었다. 그도 산촌을 자신의 마음 속에 실어, 자동차에 실어 함께 그곳을 떠나왔다. 그가 아무것도 얻지 못하고 돌아왔다고? 그는 잔뜩 선물을 받아 돌아왔다. 그가 혼(魂)을 잃어버렸다고? 그는 혼(魂)을 되찾았다. 현(縣)에서 똥똥과 작별 인사를 한 후 성(省)으로 향했다. 당연히 더 이상 줄을 서지 않아도 됐고, 무례한 꼬마도, 무뢰한도 없었고 파 냄새도 없었으며, 잠 못 들게 하는 큰 방도 없었다. 내가 감히 그 많은 배려를 잊을 수 있겠는가? 내게 그들 모두를 윤택하고 부유하게 살도록 할 책임과 의무가 없겠는가? 성의 고급 호텔에서 하룻밤을 지낸 후 그는 비행기를 탔다. 한 줄에 4명씩 앉게 되어 있는 일등석이었다. '금연' '안전띠 착용'이라는 글자등에 불이 들어오자 엔진은 발광을 하듯이 우르릉거렸다. 비행기가 고개를 쳐들자 그들은 하늘로 날아올랐다. 산촌은 저 멀리로 멀어졌다. 산적한 사업이 앞에 쌓여 있다. 돌아가서 그가 맡을 임무는 어렵기는 하지만 해볼 만한 일이었다. 그는 그 어느 것도 두렵지 않았다. 깨끗한 남색 제복에, 중국 민항(中國民航) 독수리 마크의 하드 커버 모자를 쓴 조그마한 여승무원이 차와, 속이 든 초콜릿, 젤리, 기념 엽서, 외국 상표가 광고로 찍힌 비행기 시간표를 날라왔다. 한쪽 날개가 위로 올라가는 듯하더니 비행기가 한 바퀴 커다랗게 선회하여 예정된 고도에 올랐다. 어떤 나비보다도 훨씬 높이 날고 있다. 엔진 소리가 묵직하게 안정되자 마음이 놓였다. 기내가 점점 더워졌다. 그는 검은색 플라스틱 밸브를 돌렸다. 시원한 바람이 얼굴로 쏟아졌다. 그는 둥근 창 너머로 한참 동안 조국의 대지를 내려다보았다. 그는 명암과 윤곽, 색채가 분명한, 껍질을 벗긴 호두 알맹이와 같은 산봉우리가 좋았다. 그는 바둑판처럼 선이 반듯반듯한 전원이 좋았고, 거미줄처럼 어지럽게 얽힌 크고 작은 도로가 좋았다. 우리의 산촌을 포함해서 우리의 조국을 제트기에 실어 진작 그랬어야 할 속도로 내달리게 할 날은 언제인가? 조국을 민국(民國) 18년에 처음 담근 장아찌처럼 여전히 계속 묵혀둘 것인가? 아래쪽에 구름층이 깔려 있다. 흰빛과 회색빛으로 망망했다. 아무리 높이 난다해도 비행기는 대지에서 날아올라 다시 대지로 내려앉기 마련이다. 사람이건 나비건 모두 대지의 자식이다. 그는 공기 조절 밸브를 잠그고 의자의 등받이를 뒤로 젖혔다. 그는 편안하게 잠에 빠져들었다.

다리橋梁

　　그는 닭국수 한 그릇과 롤빵 하나, 햄과 자채(榨菜) 몇 조각을 먹었다. 그는 뻐뻑한 허리를 펴고 담배에 불을 붙여 몇 모금 빨다 살며시 비벼 껐다. 그는 시인이 아니므로 더 이상 감상이나 추억에 빠질 시간이 없다. 그는 소처럼, 트랙터처럼 일해야 한다. 한 사업을 마치면 또 다른 사업이 생긴다. 그는 잠옷과 슬리퍼 차림으로 면도기를 집어 들고서 화장실로 들어갔다. 화장실의 천정등과 면도용 소형등을 켜고 더운 물을 틀어 수염을 깨끗이 깎았다. 온갖 수심(愁心)을 뱃속으로 들이삼켰다. 얼굴이 2개의 교차되는 조명빛 아래에서 환히 빛난다. 그는 이런 상황을 습관처럼 경험한다. 그는 세면대 쪽으로 가서 물을 틀었다. 그러고는 손으로 물의 온도를 재어본다. 그는 여행 중에 들은 적이 있는 무슨 "사랑의 적막" 어쩌구 하는 홍콩의 유행가를 흥얼거리다가 웃음을 터뜨렸다. 그는 「황무지를 개척하는 형제자매(兄妹開荒)」로 노래를 바꾸었다. 그는 깨끗하게 세수했다. 불필요한 모든 것들, 잔뜩 남아 있던 심적 부담들을 씻어내버렸다. 그는 세수가 즐거움과 건강의 근원이라고 생각하고, 집집마다 깨끗하게 빛나는 세숫대야를 갖출 때까지 고집스럽게 버티면서 일할 것이라고 스스로 굳게 다짐했다. 수건으로 몸에 있는 물방울을 닦아냈다. 천정등과 면도용 소형등이 그의 피부를 붉게 비췄다. 그는 아직 늙지 않았다. 그의 혈관 속엔 뜨겁고 붉은 피가 흐르고 있다. 등을 끄고 응접실로 돌아왔다. 방금 놓아 두었던 반 남은 담배를 마저 피웠고, 스탠드형 라디오를 켰다. 리꾸이(李谷一)의 「하얀 날개에 사랑을 실어」라는 노래가 흐른다. 일어섰다. 씻고 나면 항상 나비처럼 가뿐해진다. 그는 가볍게 걸어가 베란다의 철문을 열었다. 서늘한 밤기운이 밀려들었다. 산골짜기에서 불어오는 것이리라. 그는 외투를 걸치고 밖으로 나갔다. 하늘의 별들과 지상의 등불들이 함께 어우러져 있다. 저 먼 곳의 말 없는 별들을 바라보았다. 겸손하고 신중하며, 추호의 오만함도 없는 새로운 귀족을 발견한 것이다. 요오드 등, 나트륨 등과 광채를 다투는 도시의 별과, 산촌의 별은 그리 다르지 않다. 같은 하늘이 그들을 받쳐주고, 같은 대지가 그들을 동경한다. 어제와 오늘 그리고 내일의 사이, 아버지와 아들 그리고 손자의 사이, 이랑신(二郞神)이 지고 가다 버려둔 산촌의 바위와 17층의 부장 건물의 사이, 하늘에 있는 하이원의 영혼과 쏸푸 형수님이 새로 산 그릇들의 사이, 리꾸이의 「하얀 날개」와 민국 18년에 담근 장아찌의 사이, 어렵게 경영되던 더럽고 지저분한 식당과 외국 상표가 찍힌 비행기 시간표의 사이, 치우원의 눈빛, 똥똥의 고집, 1949년 허리에 차던 소고(小鼓), 1976년 시위(示威)의 사이, 꼬마 녀석, 장지도원, 장서기, 장씨와 장부부장의 사이는 분명히 연결되어 있다. 그 사이에는 영욕(榮辱)으로 점철된 다리가 가로놓여 있다. 이 다리는 분명히 존재하고 있으며, 삶과 죽음을 연결하고 있다. 그의 마음이, 바로 장쓰위엔 자신이 이를 증명할 수 있다. 이 다리가 견고하게 버티고 서서 단절된 두 편을 이어줄 수 있도록 해야 한다. 그는 하이원과, 치우원 그리고 똥똥과, 샨푸 씨 일가 등과 또다시 만날 수 있기를 희망했다. 그는 내일을 기대했고 또 무궁한 미래를 전망했다.

그는 몇 차례 기지개를 켜고서 깊숙이 숨을 들이마셨다. 전화벨이 울리는 것 같다. 그는 불이 환히 켜진 따뜻한 실내로 들어와 옅은 초록의 블라인드 커텐을 내렸다. 응접실의 불을 끄고 전화가 있는 방으로 들어가 수화기를 들었다. 부장이었다. 그는 여행 중의 안부를 물었다. "임무는 완수했나?" "거의, 거의 그렇습니다." 그는 경쾌한 어투로 대답했다. 이 대답은 딱 알맞은 것이었다. 그러고 나자, 부장은 그에게 그동안의 상황을 설명하고 내일 모레 중대한 회의가 있으니 발언을 준비하라고 지시했다.

그는 부장에게 고맙다는 인사를 전하고 전화를 끊었다. 그리고 타자기 쪽으로 갔다. 비서가 급히 봐야 될 문건, 서신, 자료 들을 미리 준비해두었고, 즉각 처리해야 될 사항들의 목록도 이미 작성해두었다. 그는 굵은 연필을 집어 들었다. 자료를 접하고 곧 그 속으로 빠져들어갔다. 그는 얼마나 많은 사람들이 자기를 주시하고 지지하며, 자신에게 기대를 걸고 자신을 채찍질하는지를 느꼈다.

내일 그는 이전보다 더 바빠질 것이다.

왕멍의 삶과 문학

왕멍은 두 가지 정체성을 지니고 있다. 하나는 중국공산당 중앙위원을 지내고 중국 정부 문화부 장관을 지낸 그의 경력이 말해주듯이 당원이자 관료로서의 왕멍이고, 다른 하나는 소설가로서의 왕멍이다. 이 둘은 때로는 겹치고 때로는 길항하면서 왕멍의 삶과 문학을 이끌어왔다. 충실한 공산당원이자 관료로서의 현실에 대한 책임감과 소명 의식, 그리고 소설가로서 현실에 대한 냉철한 비판 의식이 그의 문학과 삶에서 절묘한 균형추 역할을 해온 것이다. "혁명에 충성을 바치려면 문학을 배반해야 한다. 그런데 문학을 사랑하고 문학을 하자면 혁명 진영 입장에서 볼 때는 수치스러운 배반자가 된다." 왕멍의 이러한 언급은 당 관료와 문학가, 넓게는 문학과 정치 사이에 놓여 있는 그의 존재적 기반과 문학적 세계를 상징적으로 암시한다. 왕멍의 삶과 문학의 이러한 입지와 그간의 행보는 비단 왕멍 개인의 것이기도 하지만 한편으로는 중화인민공화국 성립 이후 작가와 문학이 직면하였던 열광과 고투, 그리고 좌절을 그대로 대변한다고 해도 과언이 아니다. 흔히 왕멍을 사회주의 정권의 성립 이후 중국 대륙 문학을 상징하는 대표적 작가라고 평가하는 것은 이러한 맥락에서다.

왕멍은 소년 볼셰비키 출신이다. 1934년 베이징에서 태어나 11세(1945)에 소학교 어린이 신분으로 지하 당 조직의 혁명 공작 교육을 받고, 14세(1948)에 공산당에 가입한다. 그 뒤 '당'은 그의 삶과 문학에서 핵심적인 자리를 차지하게 된다. 어려서부터 러시아 문학에 심취했던 왕멍이 작가로 나선 것은 19세(1953) 때 장편 『청춘만세』를 쓰면서부터다. 당시 중국인 모두가 그러했듯이 새로운 공화국이 탄생한 데 따른 환희와 희망, 청춘과 혁명의 격정을 서정적인 필치로 다루고 있다. 하지만 중국 문단에 작가로서 그의 존재를 알린 것은 1956년에 화제작 「조직부에 새로 온 청년」이 발표되고서였다. 제목 그대로 조직부에 새로 파견된 열성적이고 순결한 청년과 관료주의에 물든 조직부 간부 사이의 갈등을 그린 작품이다. 1956년 그즈음은 혁명이 성공한 이후 혁명의 순결성

과 열정이 식으면서 관료주의 풍조가 일어나고 새로운 특권
층이 생겨나 인민들 위에 군림하는 풍조가 생겨나기 시작하
던 무렵이었고, 왕멍은 바로 그러한 현실의 모순과 위기를
문학적으로 포착하여 고발한 것이다. 왕멍은 이 작품 때문에
이듬해(1957) 벌어진 반우파 투쟁에서 우파로 비판받는다.
이후 문화대혁명이 종결(1976)된 뒤 1979년에 복권되어 베
이징으로 다시 돌아오기까지 신장과 베이징 인근 농촌에서
노동 개조를 받는다.

　문화대혁명이 끝난 뒤, 그는 「밤의 눈」(1979), 「봄의 소리」
(1980), 「볼셰비키의 경례」(1979), 「나비」(1980), 『변신 인
형』(1986), 「견고한 죽」(1989) 등, 문제작을 잇달아 발표한
다. 그런가 하면, 중국에서 가장 대표적인 문학 잡지인 『인
민문학』 주간을 맡기도 하고, 1986년에는 문화부 장관직에도
오른다. 문화부 장관 재직 때 천안문 사태(1989)가 터지고
사태가 수습된 뒤 장관직에서 물러난다. 공식적으로는 스스
로 사직한 것으로 되어 있지만, 당시 장관 등 당정 고위 인사
들이 천안문 시위 진압을 위해 동원된 군부대를 위문하기로
했는데, 왕멍은 장관 중 유일하게 위문하기를 거부하였다는
이유로 해임되었다는 것이 정설이다. 왕멍에게 1980년대는
문화대혁명이 끝난 뒤 정치적으로나 문학적으로나 복권되어

당 관료로서나 작가로서나 가장 활발한 활동을 벌였던 전성기였고, 중국 문단을 대표하는 작가로서, 중국 사상계를 대표하는 지성인으로서 입지를 굳히는 시기였다.

이 책에 소개된 「견고한 죽」 「밤의 눈」 「나비」는 개혁 개방 이후 1980년대 중국을 다룬 왕멍의 대표작에 속하는 작품들이다. 이들 작품은 문화대혁명이 종결된 뒤 격변과 혼돈, 그리고 새로운 시대에 대한 기대와 흥분 등을 여실히 재현해 놓고 있는데, 형식이나 내용 면에서 왕멍 문학의 개성을 유감없이 보여준다. 문화대혁명의 종결과 1980년대의 시작은 정치적으로뿐만 아니라 문학적으로도 중요한 전환을 가져왔고, 새로운 시대를 맞아 이전의 교조적인 창작 규범에서 탈피하여 다양한 문학적 실험이 시도되었다. 그 가운데 왕멍의 다양한 문체 실험이 단연 돋보였다. 왕멍은 사회주의 리얼리즘에서 탈피하여 의식의 흐름이나 자유 연상, 과감한 풍자 등의 기법을 자유롭게 사용하는 다양한 형식 실험을 시도하였고, 이 방면에서 가오싱젠(高行健)과 쌍벽을 이루었다. 그런데 그의 새로운 형식 실험은 형식 실험 그 자체에 그치는 것이 아니라 급변하는 중국 현실의 핵심을 포착하려는 치열한 현실주의 정신과 결합되어 있다. 문화대혁명은 끝났지만 새로운 개혁 개방 시대가 아직 확고하게 자리 잡지 못한 채,

과거와 현재가 착종하여 혼돈스럽기 짝이 없는 역사적 상황, 그리고 그 혼돈의 시대 속에서 흔들리는 인간의 내면, 무엇보다도 그런 상황에 처한 왕멍 자신의 복잡한 내면을 드러내는 데 효과적인 형식 실험이었다. 「밤의 눈」과 「나비」에서 관찰자 시점이 어느 순간 1인칭 주인공 시점으로 변화하는 등, 작품에서 두 시점이 자유자재로 교차되는가 하면 직접 화법, 간접 화법, 직간접 화법을 자유로이 사용하는 경우가 그러하다. 사실 이들 작품에서 주인공은 왕멍 자신과 상당 정도 겹쳐 있는데, 왕멍은 이러한 형식 기법을 통해 주인공과 왕멍 자신을 드러내는 한편, 그런 주인공과 자신을 보는 또 다른 시선을 작품에 동시에 드러내는 일종의 '겹의 눈'의 형식을 취하고 있는 것이다. 이러한 형식 실험을 통해 중화인민공화국 성립 이후 고난의 역사 시기에 왕멍 자신의 삶을 포함하여 소설 속 인물들이 살아온 삶, 넓게는 중화인민공화국의 역사가 서술되고, 반성되고, 대상화된다.

왕멍 문학은 강한 현실성을 지니고 있다. 왕멍은 중국의 다른 어느 작가들보다도 중국 사회를 꿰뚫어 보는 예민한 통찰력을 지니고 있고, 중국 사회가 안고 있는 문제의 핵심을 단번에 포착해내는 예리함을 지니고 있다. 「견고한 죽」은 80년대 중국에 대한 알레고리로서 80년대 중국의 정치적·사상적 지형학의 소설적 축도이다. 아침에 '죽'을 먹는 중국인들의 오랜 식습관을 어떻게 개혁할 것인가 하는 문제를 두고 한 집안에서 할아버지부터 증손자까지 4대가 연출하는 분란은 그대로 80년대 중국의 한 축소판이다. 전면적인 서구화를 주장하는 서구파에서부터 완고한 보수주의파, 민주적 개혁을 주장하지만 현실과 유리된 민주파 등으로 나뉜 가족들이 서로 경쟁하다가 결국은 다시 '죽'으로 돌아옴으로써 '죽'의 견고함을 입증하는 것이 이 소설의 결말이다. 이 소설이 발표되자 일부 평론가들이 덩샤오핑을 악의적으로 풍자한 작품이라면서 공격하여 문학적으로, 정치적으로 큰 파문이 일어났고, 6·4 천안문 사태가 종결된 직후인 데다가 왕멍이 그 사건과 관련하여 장관직에서 물러난 뒤여서 사건의 파장이 더욱 확대되었다. 결국 법정에까지 가서 무혐의 판정을 받아 파문이 가라앉았는데, 이 작품이 문학적·정치적으로 그토록 민감한 파장을 일으킨 것은 그만큼 80년대 중국 현실을 여실하게 묘파하였다는 반증인 셈이다. 왕멍은 중국의 개혁과 변화를 가로막고 있는 구조, 명시적으로 드러나 있는 정치 구조는 물론이고 중국인들의 의식과 심리, 행동 양식 등, 이른바 문화 심리 구조에 줄곧 문학적 관심을 기울여왔는데, 이 작품은 바로 그러한 왕멍 문학의 개성을 그대로 보여준다.

왕멍 소설 속에 자주 등장하는 관료주의에 대한 비판 역시 왕멍의 강한 현실주의적 통찰력, 그리고 중국공산당과 관료들의 문제를 포함하여 중국 현실의 문제를 자기의 짐으로 짊어지는 강한 소명 의식에서 나온 것이다. 왕멍은 자신의 직접 체험을 토대로 당 간부와 관료들의 세계를 다룬 작품을 많이 쓰는데, 그러한 소설은 대부분 관료주의를 비판하는 것이 주요 내용이다. 그가 관료주의에 천착하는 것은 관료주의가 국민당 시대는 물론이고 새 정권이 들어선 이후에도 여전히 계속되고 있고, 애초에 순수하고 열정적이며 인민에 대한 사랑과 헌신 정신으로 충만하였던 사람들이 점차 타락해가면서 당과 국가가 잘못된 길을 가는 중요한 원인이 바로 관료주의에 있다고 보기 때문이다. 그의 한 소설에서 주인공이 중국 인민들의 "피가 흘러 강을 이루고 백골이 산을 이루는 엄청난 대가를 지불했는데도 국민당의 '관'이나 4인방의 '관'을 쉽게 타도하지 못하였다"고 한탄하는 것은 그대로 왕멍 자신의 언급이라고 보아도 무방하다. 원래 순수하고 헌신적이었던 혁명 전사들이 정권에 참여하여 관료와 간부로 변신한 뒤 "이기적이며 냉혹하고 자아도취에 빠진 존재"로 변하는 현실에 대해 왕멍은 신랄한 비판을 가하곤 한다.

예컨대 「밤의 눈」과 「나비」는 순수하고 헌신적이며 인민에 대한 사랑으로 충만한 모범적 인물과 관료주의에 물든 인물들 사이의 대립과 분열, 혹은 과거의 순결했던 자신과 현재의 타락한 자신이라는 한 인물 내부에서 일어나는 대립과 분열을 기본 모티프로 하고 있다. 「밤의 눈」은 문화대혁명 시기에 우파로 지목되어 외딴 시골로 내려간 진실하고 순수한 한 작가가 베이징에 출장을 가는 길에 부탁 받은 심부름을 해결하기 위해서 고급 아파트에 살고 있는 타락한 당 간부 집을 찾아가는 과정을 그리고 있다. 이 작품은 문화대혁명이 끝나고 새로운 시대가 열리고 있다는 희망 속에서 열정과 기대에 가득 찬 지식인 및 도시 노동자들, 그리고 '양의 다리'로 상징되듯이 절박한 생계 문제에 직면해 있는 일반 기층 민중들의 세계를 한편에 두고 이것을 새로운 시대에도 여전히 '밤의 눈'으로 남아 있는 타락한 당 관료의 세계를 이분법적으로 대비시켜 그리고 있다. 이 작품에 나오는 "민주와 양의 다리가 모순되는 것은 아니다"(「밤의 눈」, p. 49)라는 언급은 왕멍이 생각하는 중국 미래의 궁극적 지향점을 암시하는 것이다. 이 구절은 1980년대 이후 중국 지식인들 사이에서 폭넓게 회자되는 유명한 구절이 되기도 했다.

왕멍 자신의 삶과 상당 정도 겹쳐 있는 「나비」는 장쓰위엔이라는 인물의 현대사이자 중국인민공화국의 현대사이다.

작품은 우리나라로 치면 차관에 해당하는 부부장이라는 관직에 있는 주인공이 어느 날 모든 수행원을 물리치고 장부부장을 베이징에 남겨둔 채 문화대혁명 때 우파로 비판을 당해 내려가 지냈던 산촌으로 혼자서 찾아가는 여정, 그리고 그곳에서 아들과 예전에 자신과 같이 생활하였던 순박한 산골 사람들을 만난 뒤 다시 부부장의 자리로 돌아오기까지를 그리고 있다. 작품 속에서 산촌으로 되돌아가는 일이란 자신이 살아온 길을 되돌아보는 일종의 반성적 성찰인 셈이다. 이 과정에서 열정적이고 순수했던 소년 혁명가 시절부터 부부장이 된 개혁 개방 시기까지 장쓰위엔이 겪은 이혼과 아들과의 갈등, 반우파 투쟁에 앞장섰다가 자신이 도리어 우파로 지목당하면서 겪게 되는 고통, 산골 마을로 하방(下放)되어 다시금 자기 삶의 올바른 궤도를 찾게 되고, 마침내 복권되기까지의 과정이 회상을 통해 재현된다. 소설에서 주인공이 잘못을 범하고 고통을 겪은 것은 주인공 개인만의 것이 아니라 중국 현대사의 상징으로, "우리의 공화국과 우리들 모두가 성숙하지(「나비」, p.117) 못하여 범했던 잘못"의 한 전형을 보여주고 있다.

작품에서 주인공은 정부 고관으로 고급 승용차를 타고 다니는 존재이면서도 산촌에서 시골 사람들과 동고동락하던 시절의 자신을 여전히 기억하고 있다. 그 기억이 '현재의 나'와 '과거의 나' 사이의 거리에 대한 자의식을 형성시키고, 장자(莊子)에 나오는 "나비의 꿈"을 연상시키는 분열된 자아를 유발한다. 그 분열이 현재의 '나'에 대한 반성과 자의식을 낳고 주인공을 산골 마을로 이끈다. 순수하고 민중에 대한 사랑과 열정이 넘쳤던 과거의 자신을 기억하는 일이 중요한 것은 '시몬스 침대와 자동차'에 빠져 '이기적이며 냉혹하고 자아도취에 빠진 존재'로 변하는 것을 막아주기 때문이다. 장쓰위엔이 산골 마을로 가서 그곳의 순박한 사람들과 만나 그들의 지혜와 덕망을 다시 확인하는 일은 상징적으로 보면 당과 관료들이 민중을 잊고 민중과 함께하지 않으면 타락한다는 것이고, 민중을 염두에 두는 것이 아니라 당 상부와 당의 문건에만 관심을 기울이면 관료주의가 싹이 튼다는 성찰이자, 경고이다. 이 같은 차원에서 보자면 장쓰위엔의 산촌행은 과거에 대한 기억을 통해 순수했던 존재의 시원으로의 귀향이자 순수하고 민중에 대한 사랑이 넘쳤던 혁명적 열정으로 귀향하려는 정신적·실천적 지향이다. 요컨대 장쓰위엔에게 귀향은 "혼을 되찾는"(「나비」, p. 187) 과정이자 "그들 모두를 윤택하고 부유하게 살도록 할 책임과 의무"(「나비」, p. 188)를 되새기는 과정인데, 사실 귀향 체험을 통해 자신을 성찰하고 민중에 대한 소명 의식을 일깨우는 개인적 과정이란 과거의 순수함과 열정을 잊은 채 관료주의에 빠지고 새로운 특권에 탐닉하고 있는 현재의 중국공산당과 관료들에 대한 냉엄한 비판인 셈이다.

왕멍은 다른 어떤 중국 작가보다도 중화인민공화국이라는 새로운 공화국의 역사와 공동 운명의 길을 걸어왔다. 왕멍이라는 존재 자체가 그만큼 하나의 역사적 상징이다. 때로는 그것이 한계로 작용한다. 그러나 그 한계까지를 포함하여 왕멍 문학이 지닌 독특한 개성이 바로 거기에 있고, 이는 왕멍 문학이 중국 문학의 한 시금석인 이유이기도 하다.

작가 연보

1934   10월 베이징에서 출생한다.

        중학교 때부터 중국공산당 지하 공작에 참여한다.

1948   14세의 나이로 중국공산당에 가입한다.

1949   중국공산당 공산주의 청년단 간부로 일한다.

1953   첫 장편소설 『청춘만세(靑春萬歲)』의 창작에 몰입
        한다(당시 미발표).

1956   공산당 내 관료주의를 비판한 「조직부에 새로 온
        청년(組織部新來的年輕人)」을 발표한다.

        이 소설로 '우파'로 몰려 비판을 당한다.

1958   베이징 인근에서 노동 개조에 참여한다.

1962   베이징 사범대에서 강의한다.

1963   신장으로 가 농촌 생활을 시작한다.

1973   신장 위구르족 자치구 문화국에서 근무한다.

1978   베이징 작가 협회로 복귀한다.

1979   복권된 뒤, 본격적인 작품 활동을 재개한다.

1983~86 대표적 문학 잡지인 『인민문학』의 주간으로 일한다.

1985   중국공산당 중앙위원회 위원으로 선임된다.

1986   중국 작가 협회 부회장, 대표적 장편소설 『변신
          인형(活動變人形)』을 발표한다.

1986~90 문화부 장관을 지낸다.

문지스펙트럼